U0081065

真的玉不能欺
如同人的心
要經過淬鍊
才能看到真心

郁如

2022

玉使

靈奇仙傳 伍

作者
陳郁如

推薦序

貫穿今古、虛實莫辨的《仙靈傳奇5：玉使》

文／前國立臺東大學兒童文學研究所教授 杜明城

已經記不得多少次了，聽在國小任教的學生說，他們是看孩子們都著魔似的追讀陳郁如的小說才跟進的，結果竟連自己也迷上了。我對這現象頗爲好奇，因爲坊間不乏以討好孩童爲訴求的故事書，搞笑的成分居多，難以引起成人讀者的共鳴，更不會成爲一種「現象」。我不認爲孩童缺乏品味，他們喜歡的自有某些美學理論可以詮釋之處，但能老少通吃的就更值得推敲了。個人認爲前者只能算是童書，後者才是兒童文學。

受好奇心的召喚，我找來陳郁如的《仙靈傳奇1：詩魂》，結果也是一部一部的讀下去，《詞靈》、《陶妖》、《畫仙》而到《長生石的守護者》，《仙靈傳奇5：玉使》已經是這系列的第五部，而我居然期望這不是完結篇。

照理說，奇幻小說中這類穿越的題材比比皆是，有的甚至已成了陳腔濫調，何以陳郁如的作品能特別引人入勝呢？首先應該是屬於作家氣質方面的，她掌握了獨特的敘事語調，似乎能不著痕跡的引領讀者一起進入故事裡的時空。人人都像《玉使》中的梁紫珊，從秦、唐到當代，藉著種種古物的滄桑，成了江湖恩怨的參與觀察者。作者善於運用當代年輕人便於掌握的搜尋工具，不但營造了親切感，也成功的創造出虛擬眞實。少年男女間的嘻笑怒罵，栩栩如生，非常具有現代感。作者所引用的詩詞都淺顯易懂，那當然是爲了呼應故事中孩童所熟知者。偶爾出現古籍文字並非故作高深，而是爲了促進情節之可信。

詩詞、古畫與陶玉都是華人文化所特有，由此產生的認同感實非精巧的異國舶來品所能替代。作者看似信手拈來的文化知識，卻是下足功夫的，也因此能下筆如有神，不斷在各類古董中衍生情節，宛如古物附身。故宮的館藏提供了無窮的想像，讓讀者或許也心生按圖索驥之念。簡言之，作者邀請我們一起穿梭至遠古探幽，當回到了當代，再凝視那幅字畫、那枚玉器、那首詩詞、那柄陶壺、那尊古鼎，彷彿盡皆融入了宇宙的整體。如夢如眞，也虛實莫辨。

《仙靈傳奇5：玉使》是獨立成篇，但前面數部的角色一一浮現，發揮得更淋漓盡致，所以也算是續集。五種古物暗藏金、木、水、火、土五行的玄理，所以本篇頗有百川歸海的意味，情節比之前更爲繁複，也多了許多武俠小說的元素。時間的向度越形豐富，今人視唐，唐人視秦，時間彷彿是線性的。然而仙靈不滅，又可以貫穿今古，合時空爲一體。陳郁如的作品似乎不斷在蛻變中進化著，好像莽莽乾坤中自有無窮的中華古物以待挖掘，恐怕連作者本人都不知道下一批出土的又會是什麼。讓讀者既期待又無法預知，這恐怕才是陳郁如作品終極魅力之所在。

推薦序

「玉冊」，即將「預測」你的奇幻人生！

文／高雄市新上國小教師．作家　賴秋江

這不就是奇幻與現實的元宇宙嗎？因爲學生，知道陳郁如；因爲小農，認識陳郁如。去年因疫情的停課不停學，每天都會透過便利貼讓孩子抒發心情，還記得某天的問題是：分享最近在閱讀的一本書。電腦前的我看著各種色彩的便利貼一張張跳出，等待螢幕貼滿後，「哇！」我脫口而出，「《養心》、《詩魂》、《畫仙》、《修煉》……」我邊說書名邊按滑鼠分類，最終分成了二大類。沒錯，你猜對了，就是「陳郁如」和「非陳郁如」二類！當天下線後就迫不及待的與遠在美國的作者分享這有趣又值得記錄的螢幕截圖。因此當我獲知要爲她的《仙靈傳奇5：玉使》寫推薦序時，那種雀躍的心情可想而知呀！

《仙靈傳奇5：玉使》以故宮珍藏的「禪地祇玉冊」爲故事主軸，光是「玉冊」這二字就讓我比追劇更認眞了，雖然書中已有清楚解釋，但還是忍不住上網查看各種影片解說，就是爲了更了解它所被賦予的歷史地位以及作者選它的目的，我想這該不會就是作者故意設下的「文化陷阱」吧？讓人一步步掉入玉冊的遐想與追尋中……。本書延續過去四本獨特的元素與風格，主角在眞實與詩畫間的奇幻冒險：《詩魂》與《詞靈》的詩詞文字漫天亂鬥、《畫仙》中各種珍奇異獸的戲劇性出場，將靜態文字化身成了對付邪惡勢力的動態武器，也將平面文字轉成了立體鮮明場景。透過主角們一連串的古今結合、猶如玩密室逃脫的推理解謎與精采度破表的虛實冒險，尋找被一分爲三而消失的玉冊，只能說字字躍動毫無冷場。

不過最讓我傾心入迷的，是看著主角們來去自如穿梭在現實與詩畫中，這根本就是「元宇宙」啊！主角們在現實世界的學生角色，進入古畫《搗練圖》的奇幻世界中就成了可以吟詩詞變武器、喊動物變神隊伍的外掛角色，是不是像極了元宇宙的概念？平行又並存的二個世界各自精采著。

而作者活靈活現的文字不但讓人身歷其境，滿足了大小朋友的無限想像與渴望，更多的是想跟著主角們來場時空穿梭劇，提早體驗元宇宙的科幻之感。當然了，隨著故事劇情一路走下來，我似乎也看到了作者無形中置入了不少個人的人生金句，例如：世間就是有這麼多不公不義的事情，我們只能靠自己的力量儘量幫人；你是誰的後代不重要，重要的是你自己；很多事情就是這樣，不能單憑一個人的話或是一個視角，許多事情都有多種面向。這些句子讀來入心有靈魂，更是感同身受。同樣的手法，也在一幕幕的情節中，談及了親子血緣親情的被迫割捨及雖無親子血緣卻永記的養育之恩、兄弟手足之情與各懷鬼胎後的迥然差異、同學朋友間的猜忌、友誼及團結合作後的最終勝利，或是人與人之間相遇的環環相扣與自然法則……，這些都是在尋找玉冊的主軸外，頗令人吸睛的橋段，處處都可見作者的巧思安排與精心設計。

而身爲愛動文字的我，更在這一系列作品中驚見作者輕鬆將文字玩轉在掌中的把戲，《詞靈》的離合詩像極了「字謎創作」，還有「部首部件」巧妙的排列組合遊戲，都在閱讀與冒險的同時，讓讀者優游在文字中，提升識字量，實爲驚豔！看到最後，故事許多謎底終將一一揭曉，但五行的金、木、水、火、土似乎還有一個尚未解鎖，那令人迷幻且充滿好奇的魔鏡呀魔鏡！無法劇透再多，不如就進入元宇宙，自己當起主角梁紫「珊」，來場「玉冊」奇幻冒險記！時間拉回教室中的午餐時刻，一群我班上的小六孩子圍著教室七十五吋大螢幕，看著螢幕上正在新書直播的陳郁如，那場景除了感動更是感謝，有這樣一位受孩子喜愛且期待的作者，一直爲了孩子創作出源源不絕、奇幻又具創意的故事，讓孩子透過文字就能輕易開啓無限無價的想像力。

1

梁紫珊從小就知道，有些事，是她跟爸爸的祕密。

比如說，爸爸有法力。

第一次是在紫珊大約五歲的時候，她知道爸爸快下班回家了，於是偷偷躲在爸爸衣櫥裡面，想給他一個驚喜。

她聽到爸爸上樓，打開房門，最後走進房間。她隔著衣櫥的毛玻璃，看見爸爸的影子出現，她耐心等著爸爸走近，打開門，準備要蹦出來，用力跳到爸爸身上。

可是爸爸還沒走近，衣櫥的門就自己打開，她頭上方的抽屜也跟著打開，然後一套居家服就從她眼前飛了出去，落在爸爸的手上。

她爬出衣櫥，一雙大眼睛好奇又驚訝的看著爸爸。

爸爸看到她忽然出現也嚇了一跳。他把衣服穿上，走過來抱起紫珊。

「爸爸，你的衣服爲什麼會飛？」紫珊歪著頭問。

「珊珊啊，我跟你說，這是我們的祕密，好不好？」爸爸臉帶微笑，但是表情認眞的說。

「好，打勾勾。」紫珊伸出手，翹起小指頭，也認眞的說：「我不會告訴奶奶。」

紫珊的媽媽在她四歲那年過世，奶奶自願幫忙帶她，讓爸爸白天可以放心上班。

「你可以告訴奶奶沒關係，但是不可以告訴其他人。」爸爸微笑著，他把聲音壓低，語氣帶著一點神祕的說：「我啊，有一點點法力喔。」

「什麼是法力？」紫珊眼睛裡滿是好奇。

「法力啊，就是我有一般人沒有的能力，像是我可以讓一些小東西在短距離中移動，沒有很了不起，我還是要上班、吃飯、睡覺，還有陪紫珊玩，跟一般人一樣。」爸爸揉揉紫珊的頭說。

「那我有沒有法力？我也要法力！」紫珊天眞的問。

爸爸把紫珊放下，坐在地上，跟她面對面，兩隻大手握著她的兩隻小手。「珊珊，你傳承我們『琾』的精神，也會有法力，但不是現在，要到十五歲以後才會出現。你要有耐心，懂嗎？」爸爸看著她，鄭重的說。

紫珊似懂非懂的點點頭。

爸爸曾經在其他員工下班後，帶紫珊去店裡。他們的店叫做「琾」，這是他們家祖傳的事業，專做玉石買賣。

早些年只是一間巷子裡的老店面，在爸爸的手上，他把玉店重新規劃，結合古典跟現代，用一種嶄新的方式在大城市中立足，讓人不再覺得玉是古老的東西。玉飾不僅年輕人可以戴，女人可以愛，男人也可以收藏裝飾。

在店內角落一面不起眼的牆上，有一個內嵌的小空間，裡面有個精雕的木盤，盤上放著一根乳白色的玉簪，玉簪上刻著一隻鳥。爸爸說那叫朱雀，是從唐朝留下來的鎮店之寶，朱雀尾羽的地方就刻著「琾」字。紫珊喜歡站在它的面前，看這把玉簪在LED

光線下，閃動著柔和的光芒。

爸爸也會在其他員工不在時，把店裡的玉拿出來測試。他會拿出一塊玉，然後專注的看著它，兩手微微一揚，玉就浮在空中。爸爸會把手放在玉的下方，輕輕托扶著，然後在一旁的紙上記下一個數字。

等紫珊大一點時，爸爸跟她解釋：「我在測玉的比重，也就是密度，我的法力除了可以移動物品外，還可以精確的測出玉的比重，這對我們選購玉石很有幫助。」

紫珊聽爸爸提過玉的比重。玉一般分為軟玉和硬玉，軟玉的主要成分是矽酸鈣，莫氏硬度[1]在6~6.5度，比重是2.55~2.65，硬玉的主要成分是矽酸鈉跟矽酸鋁，硬度在6.75~7度，比重是3.2~3.3。

知道玉的比重，在這行是很重要的。爸爸能用法力輕易得知玉的比重，加上祖傳的

1由德國礦物學家腓特烈·摩斯（Friedrich Mohs）於一八一二年設計，以礦物質的相對刻劃硬度分級，從1（非常軟）到10（非常堅硬）。

識玉經驗，還有做生意的誠意，讓他在這一行很成功。

「每一塊玉不僅是商品，也是經過百萬，甚至上億年，地底深處岩石受高溫加熱，改變結構成爲岩漿後，從地下湧到地上，冷卻後變成堅硬的玉石，經過火的淬鍊才能跟世人相見。而人們在觸摸、雕刻、收藏的過程中，更是加入許多精神思緒和眷戀。這些自然與文化的力量，賦予玉石許多神祕的能量，讓它們可以避邪，以及永保吉祥平安的各種意義。所以做買賣跟玉的精神一樣，要眞，要透，要堅實。眞的玉是不能欺的，人也不可以欺，人的心也是要經過淬鍊才能看到眞心。」

爸爸常常這樣跟她說。

「琾」裡有很多玉，每一塊都是上等貨，都有故事。除了買賣的玉之外，爸爸跟奶奶自己也私藏了一些，不過是非賣品。

紫珊也有一塊，據說是一家人去海邊遊玩時，三歲的紫珊自己找到的。

媽媽在她四歲那年過世，那之後爸爸一直沒再娶，紫珊就跟爸爸、奶奶一起住。紫珊發現爸爸的祕密，奶奶也知道，但是大家都有一種奇怪的默契，沒有人會去提。紫珊記得爸爸說，她十五歲就會有法力，她只好耐心的等待。

就在她十五歲生日的前一天晚上，爸爸叫她到客廳，說有話告訴她，奶奶也在旁邊。

「我們的祖先在好幾千年前，就是幫皇室開採玉石的玉匠，世世代代傳襲下來，我們愛玉，也懂玉。」爸爸說，「一直到唐朝，傳到了一個叫鄭涵的後代，聽說她是一個天資聰穎的女子，她運用祖傳的能力開了一間玉石店，也留下祖訓，要後代把玉石的精神一代代傳下去。」

「眞的有這個人嗎？」紫珊懷疑的問。

「當然是眞的，我們店裡的朱雀玉簪就是她的，那可是從唐朝就有的東西。這不只是祖訓，還是鎭店的寶物，每一代都要好好保存，仔細供奉。」奶奶語氣堅定的說。

「是的，」爸爸接下去，「你就要十五歲了，依照祖訓，我要把這根朱雀玉簪傳給你。」

爸爸說完拿出木盒，打開蓋子，裡面就是紫珊每次在店裡看到的那根玉簪。她瞪大眼睛，不敢相信。

「敬珊，你真的要現在就給她？」奶奶皺著眉頭，臉色不安，似乎不贊同。「當年，我也是等到你二十五歲才給你。」

「媽，」爸爸安慰著奶奶，「祖訓說每一代到十五歲就可以接受玉簪。古代十五歲就算成年，可以結婚生子，雖然現代十五歲還是個孩子，但是我對紫珊有信心，她一向獨立有主見，不隨波逐流，又有責任感，像她的功課、學校活動，都是自己安排，我知道她也會好好保存這根玉簪的。」

「我知道紫珊負責任，但是，這根玉簪就應該擺在店裡。」奶奶也堅持。

「玉簪傳給了紫珊，當然由她決定怎麼保存啊。」爸爸說。

紫珊看著兩人爭執，想了想說：「爸爸，奶奶，我可不可以先把玉簪保留在身邊一陣子，好好看看它，一個星期後，你們再拿回店裡，我想看的話，再去店裡看？」

「好啊，這是你的了，你自己做決定。我到時候會給你展示窗的鑰匙。」爸爸笑著說，也看向奶奶，奶奶嘆口氣，算是勉強同意。

「奶奶，」紫珊揣著奶奶的袖子，「我只是想保有它幾天，讓我有長大、開始負責的感覺，你放心，我不會帶去學校或其他地方，只會放在家裡。過幾天，我就會拿去店裡，我保證！」

奶奶看她一眼，搖搖頭，「好啦，你爸爸都說好了，那現在開始，你就是玉簪的傳承者。『琾』在你的手上要繼續輝煌下去。」

紫珊看奶奶的表情認眞，她點點頭，興奮的輕撫著玉簪。

「關於這位先祖鄭涵，還有其他的故事。傳說在一個特殊的機緣下，她因一個道姑的傳授，得到無窮的法力，當時她有一個孩子……媽，你說她的孩子是男的還是女的？」爸爸轉頭問奶奶。

「我記得我媽媽說是男的。這件事，一代代口耳相傳下來，很多細節都消失了，不過我們還是得遵循祖訓去做。」奶奶說。紫珊沒看過奶奶這麼嚴肅過。

爸爸點點頭，繼續說：「鄭涵告訴兒子，她學過一個特別的法術，這法術讓她的後代會有孩子，而且一定只有一個孩子，而她的法力會隨著家族的血液流傳下去。

「每個孩子在出生時，就具備傳承法力的體質，但是要到十五歲時才會顯現出來，同時，孩子的父親或母親身上的法力就會喪失。」

紫珊驚訝的睜大眼睛，原來還有這麼一段古老的傳說。她忍不住問：「所以明天我十五歲生日之後，你的法力就會消失，然後我就會有你的法力？」

爸爸笑了笑，「你講對一半。是的，我的法力會消失，不過你會有什麼樣的法力，要明天之後才會知道。」

「記得我媽媽說，她可以感應到身邊玉石的存在，所以如果有人拿假貨上門她便會發現。而當年我的力量是可以感應到人的苦惱，所以和客戶聊心裡話時容易讓人信服，我這個能力在你爸爸十五歲時就消失。你爸爸的法力是可以讓東西懸浮空中，移動一小段距離，而且可以感應到玉的比重。這些能力無法用科學解釋，是代代相傳下來的。」奶奶補充說。

「另外一件事，」爸爸繼續，「鄭涵當時還傳下一個遺命，她希望找到秦始皇跟山神溝通的玉冊。這也就是我們世代都是玉石商的原因之一，希望透過玉石的買賣，有一天可以見到這份玉冊。」

奶奶笑著摸摸紫珊的頭，「這就是爲什麼我們家人的名字都有個『珊』字，『珊』字拆解開就是「玉冊」，我們一代傳一代，不管姓什麼，每個人的名字都有這個字，就是爲了要記得這件事。」

紫珊恍然大悟，小時候知道爸爸的名字不是爸爸，而是梁敬珊時，就對他有個像女生的名字感到好奇，原來是玉冊的意思。

「可是，爲什麼要找那個玉冊？」紫珊問。

奶奶嘆口氣，「這件事，因爲時代久遠，每一代傳下來的故事不太一樣，當時我外公說，玉冊應該是家族祖傳的保命玉，卻被秦始皇強奪去當玉冊，我們應該拿回來；又有人說，我們每個人的法力不同且零散，如果能找到這玉冊，就可以統整我們的法力。總之，眞的太久遠了，我只能把知道的說給你們聽。」

「這些，也不一定是眞的吧？」紫珊半信半疑。

爸爸苦笑，「幾千年過去了，沒有人找到玉冊，也沒有人把玉冊拿到店裡賣，可能就是傳說而已。」

「這些事，信不信由你。」奶奶表情非常的認真，「我們還是要負責一代代傳下去，而且絕對保密，只有我們的傳人才能知道這些事。」

紫珊聳聳肩，覺得這個故事聽聽就好，說給別人聽也不會有人相信。不過她還是很好奇，自己會獲得什麼特殊的法力。

第二天一早，紫珊醒來後，鄭重小心的起床，摸摸床頭上的玉簪，把玩了一下。玉簪一如往常的光滑、沁涼。其中一頭有隻朱雀盤旋，朱雀頭上刻有「琍」這個字。她把玉簪放在掌心上，玉簪在地心引力的作用下，安安穩穩的橫躺著，並沒有出現魔術師讓物品飄浮起來的樣子。

她小心的把玉簪放回盒子，起床、上廁所、刷牙、穿衣服、吃早飯。她認真的注意周遭，看有沒有什麼改變，比如被子會自己鋪好，牙刷會飛到她手上之類的，可是都沒有，生活一切如常。

她坐在餐桌前有點沮喪，難道她是家族中，唯一沒有遺傳到法力的人？

「怎麼啦？趕快把麵包吃完，要去上學了。」奶奶看她悶悶的，關心的問。

「奶奶，我爲什麼還沒有法力？」紫珊問。

「你在擔心這個啊，」奶奶笑了笑，「法力只有在需要的時候才會展現，那時你才會知道。」

「什麼意思？」

「如果是像你爸爸那樣，可以讓小物品飄浮移動，那他隨時都可以用到，如果是像我媽媽那時候，她可以感應到玉石，藉此分辨玉石的眞假，那就要有玉石一類的東西出現，她才能展現能力，對不對？」奶奶說。

紫珊嘟著嘴，點點頭。

「好啦，我去燒鍋水，等下熬個排骨湯。」奶奶站起身來，一個重心不穩，又坐回椅子上。

「哎喲！」

奶奶輕呼一聲。

「怎麼了，你還好嗎？」紫珊擔心的問。

「沒事。膝蓋最近比較無力，坐一下就好，我等下再去開火煮湯。」奶奶揉著雙腳，臉上倒是沒有痛楚的樣子。

紫珊看奶奶表情，放下了心，不過視線不自覺的看向爐臺，心裡閃過一個念頭：不然我去幫奶奶開火好了。

就在此時，爐頭忽然冒出火光。

紫珊跟奶奶對望一眼。

「那……是你弄出來的嗎？」奶奶驚訝的問。

「應該是吧！那就是我的法力嗎？」紫珊張大眼睛，又興奮又緊張。

「是啊，那就是！太好了！」奶奶也開心的說。

「什麼事情太好了，這麼開心？」爸爸這時也穿著上班的西裝，進到餐廳，準備來吃早餐。

「爸，我有法力了！你看，那個爐火就是我開的，我坐在這邊，我的手都沒碰到喔。」紫珊興奮的說。

爸爸帶著微笑，點點頭，「眞是太好了。你可以讓其他爐頭起火嗎？專注精神。」

「我試試看。」紫珊興致勃勃的說。

她看著其他兩個爐頭，集中注意力，果然，另外兩個爐頭也燃起了火苗。

紫珊眼睛閃著光芒，非常開心。

然後她想到：我只能讓爐頭起火嗎？

她張開手掌，專注的看著掌心。

可是什麼也沒有。

紫珊有點失望。「所以我的法力只能用來炒菜？」

「還可以煮湯，炸薯條。」爸爸對她眨眼，紫珊回瞪他。

「你擁有火的力量。」奶奶緩緩的說，「那是形成玉石最重要的能量來源，不要小看。」

「這個力量可以很強大，也可以很危險，你自己要小心。今天才第一天，運用法力靠的是日積月累的經驗，以後一定可以有更多發揮的。」爸爸認真的說。

「好啦，法力只是生活的一小部分，不要忘了，你還是要上學寫作業的。」奶奶催促著她。

紫珊聳聳肩，快速吞下麵包，拿起書包，帶著興奮的心情上學去。

2

紫珊剛轉學到這個學校不久，認識的人不多，她的個性比較內斂，常常覺得在自己少女的身體裡，住著一個神祕古老的靈魂，窺看紛擾的世界。對她來說，去學校除了上課學習，她也花很多時間靜靜的觀察同學。

她記得自己剛到這個新學校的第一天，她經過操場，馬上就被一幅景象吸引，其實沒什麼驚險或是奇怪的地方，就是一個男同學在樹下畫畫。當時是下課時間，學生們大多在操場上活動喧譁，但這個男同學姿態安靜，不為外界所動，這景象觸動了紫珊。男生長得精瘦，不特別顯眼，不過清秀的面容中帶著一股剛毅，重點是他的神情，他的眼神中閃爍著專注與熱情，這讓他面前的那幅畫彷彿有魔法一樣。她說不出來為什麼有這樣的感覺。

後來進了教室，紫珊發現自己跟這個男生同班，她馬上記住他叫顧曄廷。她沒有刻意接近他，仍然遠遠的觀察，後來她加入學校的游泳校隊，才發現顧曄廷也是校隊成員。

不過兩個人會開始交談，是因爲一套小說。她很愛看奇幻神怪小說，最近在同學之間流行的「魔幻仙靈」系列她就很喜歡，每本都看了好幾遍。那天學校辦了作家有約活動，邀請難得回國的旅美作者來演講，活動在演講廳舉行，曄廷剛好坐在她旁邊。

「她寫了這麼多書啊？」曄廷看紫珊手上抱著全套的「魔幻仙靈」系列，好奇的問。

「是啊，這個作家很多產，內容也很精采，故事不是只有冒險打鬥，還講到主角們爲什麼會有法力的心路歷程，滿特別的。」紫珊微微一笑，「我已經看了好幾遍了，你沒看過嗎？」

「沒有。」曄廷的口氣有點尷尬，好像辜負了紫珊的熱情。

「那等等我給作者簽完名，這套借你看，要不要？」紫珊問。

「好啊，謝謝。聽起來滿有意思的。」曄廷點點頭，他對紫珊的介紹似乎很感興趣。

紫珊很開心，又多一個人看她喜歡的書。

之後她發現曄廷跟別班的女生走得很近，那女生叫莊儀萱，是宋詞欣賞賽的冠軍，聽說之前的唐詩背誦比賽也是第一名。儀萱生著大大的眼睛，圓圓的臉，瀏海整齊的蓋在額頭上，笑起來很甜美，講話的聲音也甜甜的。

他們兩個人的互動也帶著甜味。紫珊沒談過戀愛，只在戲劇裡看過，現在看到身邊同學們跟異性互動，覺得很新鮮有趣。

還有另一件有趣的事，她注意到有一個男生，用一種想接近又保持距離的態度跟著儀萱，他叫柳宗元，跟唐朝的大詩人同名，不過這個柳宗元少了點文青味，多了點小聰明，他的個性有些散漫，卻很開朗，紫珊倒是滿欣賞他的。他看起來似乎喜歡儀萱，但當三人從她面前經過時，所散發的氛圍是溫和的。

紫珊也喜歡觀察其他的同學，只是這三人讓她特別感興趣，不過她並沒有想接近他們。不管是平常班上活動，還是游泳校隊的聚會，有時也有人邀請她，她都委婉的拒絕，這並不影響平常日子裡她跟大家融洽相處。她喜歡這樣，跟同學們維持和善的關係，但是在自己的世界裡自由自在。

＊＊＊

這天星期六，紫珊照例在家睡到中午。爸爸去店裡上班，奶奶跟朋友去聚餐，兩人都要晚上才會回來。她隨意吃了些奶奶做的中餐，那套「魔幻仙靈」借給曄廷後，她覺得一陣子沒翻很不習慣，決定再去買一套。

她看了一下手錶，下午三點半，書店一定開著，正準備換衣服出門時，她覺得胸口有點異樣，好像有一撮小火燃燒，可是又不會不舒服，也不會覺得熱，相反的，還覺得挺有元氣的。更奇怪的是，有股力量要她走向床頭，她胸口的熱氣好像在回應那股力量，她看著床頭，那裡躺著放玉簪的木盒。

紫珊好奇的捧起盒子，坐在床沿，小心的打開盒蓋，玉簪彷彿可以傳達意念般，讓紫珊覺得需要把它拿出來。

紫珊捧起玉簪，放在掌心上，就在這時候，奇怪的事情發生了，只見白色的玉簪上浮起點點星火，像是國慶煙火，只是國慶煙火是從上向下墜落，這些星火是從玉簪往上升起。

她看傻了，這是怎麼回事？她眨眨眼，星火近在眼前，她很確定。

這時候，她感到胸口的「火」越來越大，熱氣也跟著越來越旺，並不會灼熱難受，但是似乎想要出來，它在體內到處移動，從胸口來到喉嚨，接著一股壓力襲來，她不由自主的張開嘴巴，嘴裡散出的熱氣，在眼前形成一股橘色的霧氣，這霧氣帶著光芒，朝星火緩緩前進。

星火彷彿有靈氣，也朝著橘色的霧氣點點奔來，像無數的亮點蝌蚪。一團煙火般的星火，一團橘色的霧氣，兩股力量最後在空中交會，迸發成一團熊熊的火焰，紫珊嚇得大叫，但她還來不及有其他的反應，大火在半秒之內消失，然後一個穿唐裝的女子出現在紫珊的面前。

紫珊瞪大眼睛。這是眞的嗎？還是她看太多奇幻小說心生幻想？不對，那套「魔幻仙靈」借給顧疃廷了，她已經好久沒看了。

唐裝女子看起來瘦瘦高高的，穿著淺青色上衣，下面的裙子是橘紅色的，腰間束著一條青色花紋的腰帶，頭髮梳成高高的髮髻，微微向左傾斜。紫珊注意到，她的髮髻上插著一根玉簪，就跟她手上的這根一模一樣。

女子略略傾頭，專注的看著紫珊。

「你……是誰？為什麼在這裡？」紫珊大著膽子問。

「我是鄭涵，看來你喚醒我了。」女子說，她的語氣帶著一種冷靜的威嚴。「你叫什麼名字？」

「我叫梁紫珊。原來你是我的祖先。」紫珊瞪大眼睛，想不到爸爸跟奶奶提到的古人竟然出現在她的面前，「到底是怎麼回事？」

鄭涵看著她，思量了一會兒。紫珊很擔心，會不會年代太久，她想不起來了。

「看來，徐靜的後代找到陶鴨了，」鄭涵說，「他身上也會獲得徐靜的法力，不知道是福是禍，你要去找到這個後代。」

「什麼……什麼鴨？誰的後代？我要去找誰？」紫珊完全聽不懂。

鄭涵看看她，再看看四周，「現在不是唐朝了嗎？我們在哪裡？」

「早就不是了，現在是民國，距離唐朝一千多年了。唐朝之後有五代十國、宋朝、元朝、明朝、清朝，然後就沒有皇上了。我爸爸跟奶奶說，我們是你的後代，現在在臺灣，好像在唐朝時候叫蓬萊，這裡是我家，在我的房間。」紫珊不確定鄭涵聽不聽得懂，不過她儘量讓自己的祖先可以有些概念。

鄭涵歪頭傾聽，似乎並不怎麼在意自己身在何處。

「我的血肉之軀早就不在了。我的法力讓我出現在你面前，但是只夠讓我跟你講述『琾』的緣由跟使命，之後我就會消失，你會傳承我的力量，帶著這個使命繼續下去。」

鄭涵停了一下，「所以，你是新的玉使。」

「玉使？那是什麼？你要讓我做什麼事？」紫珊問，她覺得這一切太不可思議了。

「我慢慢跟你說，」鄭涵頓了頓，再度開口：「我的先人在秦朝時是皇室的玉匠，代代相傳，到我父親這代，我們經營著京城最大的玉石店，而且還有另外三家分號。

「我的兩個哥哥平庸無能，貪財懦弱，但是他們是大娘生的，所以我爹對他們寄予厚望，希望他們將來掌管玉店。我娘知道我的能力大過他們，可是她是小妾，沒有說話的份，而我又是女兒身，鄭家玉店傳子不傳女，所以我是不可能從我爹那裡得到什麼的。

「我娘也知道，哪天我爹如果不在，我的兩個哥哥不會對能力勝過自己的妹妹善罷甘休，她怕他們對我不利，所以把我送到附近一座道庵，讓我跟著一位師父修習道法。有一天，我師父讓我出來見客，我遇到我後半生的師父月升，她跟我過招，跟我談道法，覺得我是可用之才，就讓我跟著她學習，每兩年過來道庵教我呼吸吐納和法力。

「在我十九歲那年，月升師父領著我到她居住的山上，當時，我的師兄張萱跟王冉奇已經在那，師父說她要再去接一個新入門的小師妹徐靜，然後等另一個師兄柳子夏上山後，就會帶著我們練新的法力。

「新的法力叫『隱靈法』，原來在秦朝的時候，月升師父曾經遇到來自天外的隕石，那塊闇石裡藏著巨大、黑暗的力量。我師父制住了這股強大的力量，但是仍有部分進入她的身體，讓她長生不老。長生不老不代表不會死，如果有人加害於她，她還是會死，這時闇石的力量就會再現，危害人間。」

紫珊聽得一愣一愣的，要不是這女子的影像上也有同樣的朱雀玉簪，她真以為是什麼女鬼出來說鬼話了。

鄭涵停下來讓紫珊消化一下，又繼續說：「月升師父絕頂聰明，她自創『隱靈法』，同時把她的法力傳授給五名弟子，這樣她如果出了什麼意外，或是什麼原因讓闇石的力量再現，我們身上的『隱靈法』就會啓動，有能力控制它。我們五人沒有不死之身，也不會長生不老，所以『隱靈法』的另一個作用就是讓我們注定只有一個孩子，代代單傳下去。」

「所以，這就是我跟爸爸、奶奶都有法力的原因嗎？」紫珊興奮的問。她沒想到原來是這個淵源。

「是，也不是，慢慢聽下去。」鄭涵的回答讓紫珊很驚訝，接著鄭涵繼續說：「月升師父的『隱靈法』會保護我們的子子孫孫平安長大，跟一般人一樣沒有法力，這樣才不會引起惡人的注意，只有闇石的力量重現時，『隱靈法』才會啓動，後人身上也才會出現法力。

「我當時跟幾個師兄妹在山上修習，五年之後下山回到京城，沒想到，我爹已經死了，我的兩個哥哥，不僅接管霸占我爹所有的玉店，而且還把我娘親趕出去，我找到她時，只剩一座孤墳。

「原來我娘走投無路，想到山上來找我，哥哥怕她跟我告狀，派人半路上殺了她。我知道後又傷心又後悔，後悔沒能在娘親身邊保護她。」鄭涵的表情充滿悔恨。

「你的哥哥們也太可怕了！」紫珊替她覺得難過。

「後來，我在城外開了一間小玉鋪，叫做『琝』。我比我兩個哥哥都懂玉，會看玉，也更懂得如何做生意。很快的，我的店面越做越大，越來越多的客人信任我，相反的，我那兩個哥哥惡意競爭，爭吵不斷，誇大不實，老客人都很失望，慢慢離去，我趁機請這些客人來我的店裡，他們知道我得到我爹的眞傳，店裡都是好貨，非常開心。得到這些老客人的支持後，我開始在城內開玉店，直接跟我的哥哥們競爭，不到一年，他們就撐不下去，被迫把店都頂讓給我，我終於接管我爹傳下的生意，還請了幾個技術高明的玉匠，按照我的想法，用上等白玉雕砌一座大門，成了全京城最富貴、最有名氣的玉店。」

紫珊可以聽出來鄭涵話中的驕傲，她不是無禮，也並不粗魯，但是卻很有自信，散發一種知道自己想要什麼的氣勢。

「接下來，我讓你用看的。」鄭涵說。

3

紫珊原本不懂鄭涵的意思，不過她馬上就知道了。只見鄭涵拿下玉簪，玉簪發出點點星火，就像她剛才看到的情景一樣。星火飄了過來，密密附在紫珊的身上，全身發亮，好像一個大燈泡。接著場景轉換，她發現自己身在一棟古代建築，屋內裝飾著木製的窗格、牆壁、地板，還有木桌和長板凳，從窗戶望去，她發現自己所處的是二樓。這裡很像戲劇裡看到的古代客棧，身旁的桌子坐滿了人，有人安靜喝茶，有人大聲喝酒吃肉，店小二來來回回穿梭，斟酒，每一個人都穿著唐朝的衣服。

「我像小說寫的那樣，穿越來到古代了嗎？」紫珊緊張的想，不過她馬上發現這裡沒人注意到她，即使她全身發著亮光。

她看到角落有個女子抬起頭望過來，眼神銳利。是鄭涵。

紫珊興奮的跟她揮手，但是她的眼光直直望向紫珊的身後。

紫珊回頭看，只見三個灰袍男子從樓梯上來後，馬上朝著二樓另一個角落過去。

「客官要點些什麼？」店小二熱心的迎上前去，沒想到，最靠近他的一個灰袍男子看也不看，抓起他的衣襟，手用力一送，便把這個小二從二樓窗戶丟下去。

「啊！」

「哇！殺人啦！」

「強盜來啦，快逃啊！」

二樓的客人們驚慌的喊著，連滾帶爬的衝下樓去，只剩下鄭涵、三個灰袍男子，還有坐在角落的一個濃眉年輕男子。

這三個灰袍男子動作迅速，分三個方位包圍濃眉男子，其中一人沉聲說：「你把玉冊交出來，我們也不爲難你，畢竟我們同一師門，不需要互相殘殺。玉冊在我們手上，才是正統。」

濃眉男子看了他一眼，不理會這些話，站起身來，轉向鄭涵。他面目清秀，拱手說道：「此地將有一場惡鬥，恐傷到姑娘，請姑娘移步樓下。」

鄭涵聽到只是微微點頭，卻沒有動作。

這頭，三個男子已經不耐煩了。「哼，自身難保還想憐香惜玉，動手！」

三個灰袍男子彼此使個眼色，同時出手，一個對著男子桌上的包袱抓去，兩個朝著男子出手打去。

濃眉男子身形竄起，他的動作敏捷，出手俐落，同時對付三個人也不處下風。

紫珊看得驚心動魄，好像在看武俠電影一般，但是她身在現場，感覺更像虛擬實境遊戲，讓她目不轉睛。

三個灰袍男子不一會兒便氣喘吁吁，接著其中一人吹了口哨，聲音出奇響亮。遠方傳來另一聲哨音，沒多久，又有五個灰袍男子出現，他們一人守著樓梯，一人守著窗戶，其餘三人加入戰局。守樓梯那名高胖男子看鄭涵年輕貌美，端坐在那兒沒有離開，眼神直勾勾的盯著她。紫珊覺得這人超級噁心又無禮。

剛開始濃眉男子還能應付，慢慢的，連不懂武功的紫珊也可以看出他有些勉強，畢竟六人對一人，他清秀的臉上滿是汗水，顯得吃力。

這時鄭涵站了起來，朝著樓梯走去，這群人先前見濃眉男子出聲示警，雙方打起來時鄭涵也沒有什麼反應，便知道他們不是一夥，所以並不在意鄭涵的動靜，守著樓梯的男子看著鄭涵朝自己走去，臉上的邪笑更是不加掩飾，一隻手就要摸上她的腰。

鄭涵並未閃躲，高胖男子以爲就要占到便宜，沒想到她手一揚，男子臉上的邪笑還沒來得及消退，就瞪大眼睛倒下去。

守在窗邊的精壯男子見狀大吃一驚，馬上要趕過來，鄭涵手再一揚，一道光芒射出，男子來不及反應，胸口便被橘光打中，悶哼一聲，精壯的身軀也跟破布落地一樣，癱軟倒地不起。

同伴接連莫名其妙倒地，引起其他六人的注意。

「喂！你在幹什麼？」

「他們倆肯定是一夥的。」

「抓住這娘們，這小子就不得不交出東西！」

「跟我過去！」其中一個高個灰袍男子喊道，另一個比較矮的跟著他，對鄭涵攻去。

鄭涵冷笑一聲，頭微微一傾，髮上的玉簪閃出一道橘光，光芒聚集變成一隻朱雀。朱雀在空中盤旋，細長尖嘴一張，點點星火噴出，對著兩人急奔而去。

「原來也是練法之人，那我們就不用客氣了！」高個男子說完，雙手一轉，一股灰色氣體在兩掌間形成，朝鄭涵一送，只見一條龍出現，張著大嘴，噴出灰氣。矮個子的似乎沒有這樣的法力，只是拿起劍，刺向鄭涵，他的招式純熟，也是不容忽視。

紫珊看到雙方相鬥，驚訝的張大嘴巴，想不到祖傳玉簪還有這樣的法力。

另外那頭，四個灰袍男子也不客氣了，同時運起法力，四道灰氣在空中形成一條巨龍，向著濃眉男子而去，濃眉男子也做出同樣的動作，喚出一條藍色龍形，前方龍嘴大張，噴出淡藍霧氣，迎向巨龍的灰霧。

鄭涵的朱雀看似纖細嬌弱，但是牠噴出的星火強勁有力，一下子就把長劍熔化，矮個子的胸口中了星火，馬上倒地。高個子的灰龍沒多久也被打散，使他眞氣受損，倒在地上，無法應戰。

鄭涵輕鬆解決四人後看向另一側，知道圍著濃眉男子的四人功力比較高，不可輕忽，她手一揮，朱雀向著灰巨龍飛去。

濃眉男子的藍龍原本就與灰巨龍打得不相上下，現在朱雀加入戰局，更是讓情勢逆轉，朱雀由左進攻，藍龍由右輔助；朱雀飛上擾敵，藍龍四方開弓，兩人第一次合作，居然默契十足，威力無比。沒多久四名灰袍男子臉色慘白，身上襯衣汗溼，灰巨龍開始扭曲縮小，最後散成四隻快不成形的小灰龍，朱雀與藍龍再次噴出橘藍煙霧，四隻小灰龍無力回擊，在空中潰散，消失無蹤，四名灰袍男子也隨之倒地，氣喘吁吁，其中兩人還昏了過去。

「這些人怎麼辦？」鄭涵讓朱雀回到玉簪中，看著歪歪倒倒的八個人問。

濃眉男子從懷裡拿出個小盒子，從裡面倒出八顆帶有銀線的暗色丸子，地上那些灰袍男子露出驚訝的臉色，而鄭涵臉上沒有表情，只是輕輕的點一下頭。

他一一走到每個人身邊，親自讓他們服下丸子，同時也在肩膀後按了按，這八人便同時昏了過去。

「多謝姑娘相助。此地不宜久留，這些人幾個時辰之後就會清醒，敢請姑娘移步城外，在下有事請教，不知意下如何？」

鄭涵沒說什麼，表情淡淡的點點頭。

一旁的紫珊才一眨眼，就發現自己已經不在客棧了，她身在一片林子裡，這裡樹木茂密，明明是大白天，只見晃晃的日光穿過層層樹葉，只剩下些微殘光。鄭涵跟濃眉男子在陰暗不明的樹下席地而坐。

「在下林洪哲，感謝姑娘相救。」林洪哲臉色清朗，抱拳說道。

「我叫鄭涵。」鄭涵看著他，「我看到你有清心丹。」

「是，我跟姑娘一樣……」

「叫我名字就好。」鄭涵說。

「是，姑娘。」林洪哲說完才發現自己一時改不了口，尷尬的笑了笑，「我想，你也應該感覺出來，我們的法力師從同源。」

「家師名諱月升，她曾說過有位師兄叫徐福。我想，你應該師出徐福這一門。」

「沒錯，徐福是我的祖師父，我師父是他第三十六代弟子。」

「那算來，我是你祖師姑。」鄭涵促狹的一笑。

紫珊看著她，想不到看起來高傲冷漠的鄭涵也有調皮的一面。不過想想，本來人就很多面向，就像看起來老實安靜的爸爸，誰也不會想到他擁有法力。

「那……姑娘想要在下稱你名字，或者尊稱祖師姑，還是姑娘有什麼道號？」林洪哲居然聽不出鄭涵話裡的笑意。紫珊覺得這個林洪哲武功法力不錯，態度斯文老實，雖然有些迂腐，但是給人感覺很舒服，長得也不錯，她有預感，鄭涵會讓她看到他們認識的過程，林洪哲一定是她生命中很重要的人。

鄭涵眼睛轉了轉，眉毛揚起，一副還想捉弄他的樣子，不過最後輕輕一笑，認真的說：「就叫我名字好了。」

「是。」林洪哲的口氣聽起來還是很恭敬。

「你是不是有個師妹叫徐靜？」林洪哲又問。

「是啊，你認識她？」鄭涵的口氣有點驚訝。

「我曾經在秦始皇陵附近遇到一男一女，那女子自稱徐靜，當時她受傷，我用眞氣救治時，發現她的道法跟我的本質接近，就像剛才在客棧我感應到姑娘的一樣。我們師承一脈，只是一陰一陽。她說她的師父就是月升。」

「你說徐靜師妹受傷了，她還好嗎？」鄭涵問，但是神色間沒有很擔心的樣子。

「我幫她療傷，給了她清心丹，應該無礙了。」林洪哲說。

「那就好。」鄭涵偏著頭，語氣和緩。

「那位男子是誰？是她的師兄嗎？」鄭涵問。

「不是，據說是她的夫婿子淯。」他頓了頓，「他爲人狂妄，眼神飄忽，感覺不是正派人士，我覺得你的師妹會受他的影響。」

「應該不至於。」鄭涵說，「我們在師父的調教下，功力不弱，一般男子不會對她有什麼影響。」

「但願如此。」他說。

「你說你在秦始皇陵附近遇到他們，他們爲什麼在那？」鄭涵好奇的問。

「子滑說他想從秦王陵墓中找到特別的力量，好救濟蒼生，他也希望我幫他，可是我覺得這人說話態度閃爍，爲人不眞誠，所以並沒有答應。」

「那你去秦始皇陵，想找什麼？」鄭涵問。

「玉冊。」林洪哲嚴肅的說。

4

「玉冊？什麼樣的玉冊？」鄭涵好奇的問。紫珊精神來了，玉冊！這就是爸爸和奶奶提到的東西，也是他們名字的來源，紫珊看得出來鄭涵也很感興趣。

「秦始皇當年封禪的玉冊。」林洪哲說。

「封禪的玉冊？」鄭涵皺起眉頭，「這東西歷朝歷代多少人想找都找不到。就算有，那也應該是在泰山啊！」

紫珊不是很懂他們在說什麼。風扇的玉冊？玉冊長得像電風扇？等等，秦朝哪來電風扇啊！

林洪哲看著鄭涵，「這件事說來話長。我師父告訴我，始皇帝二十八年，秦始皇率領官員、大臣、博士、儒生共七十餘人上泰山，舉行封禪大典。封禪是帝王祭祀天地神祇的一種儀式，用來敬告天地，彰顯君王的功德。

「所謂封，即是在泰山頂上築一圓壇，封入玉冊，以祭昊天上帝；所謂禪，即是在泰山的山腳下，築一方壇，埋入玉冊，以祭皇地祇。我的祖師父徐福，曾經跟隨始皇帝參加封禪大典。當時，始皇帝爲了保持祭祀過程的隱密跟神聖，屏退眾人，只讓祖師父和另一位上清道人，一起完成最後的儀式。

「據我師父說，當時祖師父不滿始皇帝的殘暴無道，一直想離開，可是如果他隨便離去，不肯效忠，會讓始皇帝起疑大怒，甚至殺害很多無辜的相關人士。後來，始皇帝一心追求長生不死，徐福祖師父找到機會，奏請皇帝讓他出海尋不死藥，始皇帝大喜，命他帶著三百個童男童女去海外仙島尋藥，所以才得以離開中土。

「徐福祖師父雖然遠離暴政，但是他心繫天下，希望讓人民早日免於災難。所以他臨走前去了一趟泰山。當年封禪時，他跟上清道人一起祭祀，他負責祭昊天上帝的玉冊，上清道人則是負責祭皇地祇的玉冊。他在祭天的玉冊上施法，祈求人民免於災難，得以安康平順；而上清道人則是在祭地的玉冊上施法，祈求始皇帝長命百歲，身體強健，皇朝萬壽無疆。我祖師父祕密去到泰山，挖出山腳下祭壇裡祭皇地祇的玉冊，將玉冊帶走，重新施法。他先消弭原本在玉冊上的法力，同時在上面施法留下他出海時的路線線索，將玉冊分成三份交給他的三名徒弟，祖師父叮囑三人，如果世道還是不安寧，幾年之後再悄悄的帶人出海，循著玉冊上的指示和地圖，同心合作，一起到海外的仙島來找他。

「可惜大弟子周麟與二弟子林上石意見不合，有了私心，兩人都想把全部的玉冊占為己有，便打了起來。小弟子唐印在勸阻過程中受了傷，三人撕破臉，因此各持一部分的玉冊，從此不相往來。當時唐印拿的那份，傳到我師父手上，我師父又傳到我手上，我們世代相傳，就是希望有朝一日要把其他失散的部分找齊，完成祖師父的願望。」

「原來有這些淵源啊！」鄭涵嘆道。

林洪哲繼續說：「當年大徒弟周麟沒有傳人在世，他手上的玉冊下落不明。我師父說，周麟跟著徐福祖師父在皇宮做事，跟皇室淵源深厚，據說他愛上秦始皇的一位公主，之後不知去向。胡亥繼位後，爲鞏固皇位，殺戮手足後人，把他們的遺體埋在秦始皇的墓旁陪葬。這位公主不能倖免，玉冊可能成了陪葬品的一部分。」

「這就是你去秦始皇陵的原因。」鄭涵點點頭。

「是的，我想比二徒弟林上石的傳人們先找到玉冊。」林洪哲說，「林上石跟唐印，以及他們的傳人都試著去找秦始皇陵，但是當時沒人知道確切的陵墓位置，兩方人馬在尋找的過程中也屢屢發生衝突，試圖搶奪對方的玉冊。」

「在客棧遇到的那八個人，就是林上石的傳人？」鄭涵問。

「沒錯，林上石在祖師父離開後，走的路線便開始偏離，他跟門人不以正道處世，之後的傳人更顧著追求權力、錢財，不再修養心性，甚至任意殺人，做了很多傷天害理的事。他們不會輕易放棄另外兩份玉冊，除了到秦陵尋找，還屢次逼迫我師父，要他交出玉冊。在一次搶奪中，我師父受了重傷，他死前把玉冊交給了我。我一人在江湖上行走，有一天被他們盯上，這次一下子召集八個人，看來勢在必得。」

「原來如此。我看你拳腳功夫弱了些，的確打不贏他們，」鄭涵半笑著說，「不過你法力不弱啊，爲什麼不一開始就用呢？」

林洪哲嚴肅的說：「這是祖師父傳下來的遺訓，我們這一門人所擁有的法力，隨著個人資質不同各有高低，但是有一件事一定要遵守，那就是不可以將法力現於普通人面前，如有違反，法力會馬上消失。當時你在場，我們都不知道你也是習法之人，當然不敢展現出來，只能使用拳腳功夫。在下不才，讓姑娘見笑了。」

「這些人跟你有弒師之恨，你怎麼還給他們清心丹，保住他們的性命？」鄭涵問。

「當時，在我們兩人的法力催動下，他們的法力耗盡，其實已經命在旦夕，唯一救命方式就是清心丹。他們看到我拿出清心丹時也很驚訝，八成沒想到我會救他們。只是我可以饒他們不死，卻不能允許他們繼續害人，所以我在他們玉枕穴上施法，讓他們失去法力跟武功，從此無法加害他人。」林洪哲說。

紫珊覺得林洪哲有仁心，同時也聰明，可以想出這樣一舉兩得的方式。

「你有慈悲之心，又不放縱壞人，倒也可取。」鄭涵也同意。林洪哲被這麼一稱讚，居然臉紅起來。

「那你怎麼不順便從這些人身上拿走另外那一份玉冊？」鄭涵又問。

「玉冊不在這些人身上。」林洪哲說，「玉冊在他們師娘的手中，他們的師父過世後，由師娘王億掌管權力，玉冊也在王億身上。」

「你打算去跟她搶嗎？」

「沒那麼容易，他們門人眾多，」林洪哲無奈的嘆口氣，「其實我個性恬淡，與人無爭，本不喜參與這些複雜世事。但我自幼無父無母，師父養育我，教導我，讓我習文習武，修習法力，恩重如山，我無論如何都要完成他的志業，找到所有玉冊。」

鄭涵點點頭，對於他的任務不置評論。

「這玉冊長什麼樣子？我們家族世代經營玉石買賣，我在城裡成立的玉店『琾』也算有些名氣，如果有人從秦始皇陵盜出這玉冊的另外一部分，我一定可以幫你找到。」

「原來你就是鼎鼎大名『琾』的女當家，久仰，我們師門世代守著這玉冊，但是對玉了解不多，我正想找機會找你聊聊呢！」林洪哲臉上露出欽佩的樣子。

「那我可以看看嗎？」鄭涵問。

林洪哲點點頭。他從包袱內拿出一個小木盒，木盒打開後，裡面用錦布仔細包裹著一個長方形的東西。他小心的取出，打開錦布，裡面有五簡玉冊，每一簡約十寸長，一寸寬，半寸厚，表面平滑無瑕。

「全部的玉冊共有十五簡，我們這一脈拿到最後五簡。」林洪哲說。

「我以爲，這玉冊上會刻字？」鄭涵問。

「本來有上清道人刻下歌頌秦始皇功績的文字，祖師父在挖掘出來後，用法力消去了這些文字。」

「那你不是說，你祖師父在玉冊上留有他的去向嗎？」

「沒錯，但是必須要這十五簡同時存在，這些線索才會顯現。」

「所以當時另外兩人，也是各拿到五簡無字的白玉冊？」

「沒錯。」林洪哲點點頭。

「可以讓我摸一下嗎？」鄭涵恭敬的看著玉冊。

「請。」林洪哲說。

鄭涵伸出手，輕輕的觸碰玉冊，一簡一簡慢慢用指尖拂過。她的眼睛微閉，好像在思考，在傾聽。之後她睜開眼，摘下頭上的玉簪，手握著尖處，讓刻有朱雀的那端觸碰玉冊，發出叮叮的聲音。

「你聽到了嗎？」鄭涵問。

「聽到什麼？」林洪哲皺著兩道粗眉。

紫珊也只聽到玉器碰撞聲。

「用心聽，用你的法力。」鄭涵說。她此時表情認眞，眼光專注。

同時，紫珊體內有股氣息受到這句話的引導，她控制爐火的那股法力得到鼓舞，開始在身體裡面運息，繞轉。

「就是聽到叮叮的聲音。」林洪哲不好意思的說。

但是紫珊聽到的不一樣。她聽到叮叮聲中，夾雜著另一個聲音，這聲音悠揚緩和，沒有節奏，但有高低音，像是某種樂器在低吟。這低吟聲傳進紫珊的耳裡，也進到心裡，來來回回，斷斷續續，不是很清楚。

「向東……海中……」

鄭涵眼神認眞，表情嚴肅，「我聽到玉聲，這是我特別練出來的法力，這玉冊有聲音。」

林洪哲瞪大眼睛，「你聽到什麼？什麼聲音？」

鄭涵眼睛微閉，更加專注，「像是有人低吟，我聽到，出海向東……南行……海中島現……」

紫珊很驚喜，雖然自己沒有鄭涵聽出的那麼多，但方向正確，沒想到自己的法力也不弱呢！

林洪哲則是滿臉欽佩，「看來，你的法力比我更接近祖師父！我一點都聽不出來呢！」

「我師父跟徐福師伯是師兄妹，兩人師出同門，而你雖然是徐福門下，但是三十多代下來，每個師父多少加入自己的獨門心法，難免旁枝錯雜。相較之下，我的法力的確更精純更接近些。另外，也是湊巧，我的法力和玉器的能量可以相輔相成，當年徐福施法在玉冊上，我的玉簪加上我的法力，才引出裡面的玉聲，換作我其他的師兄妹，可能也無法聽到玉聲。」

林洪哲佩服的點點頭，「從你聽到的內容來看，似乎是徐福祖師父出海之後，找到仙島的部分經歷。只是，他在玉冊上留下法力是在出海之前的事，難道他有方法在離開之後隔海施法嗎？」

「我也想到這點，」鄭涵說，「他走前留下的，肯定不是關於他去向的線索，畢竟他不知道仙島確切地點，更不可能知道未來遇到什麼事。他留下的必定是日後可以連結玉冊的法力。」

林洪哲反應也很快，馬上了解鄭涵的意思，「他出海前所知有限，能留下的訊息不多，所以預先在玉冊上施法，讓他在千萬里之外也能傳音遞訊，這樣的法力太強了。」

紫珊心裡也萬分佩服，這聽起來跟現代的網際網路有三分像。

「只是不知道爲什麼，我聽到的玉聲內容並不完整。可能我功力不夠。」鄭涵口氣帶著遺憾。

「姑娘法力高強，可以聽到玉聲，在下望塵莫及啊。我估計是年代久遠，而且法力終究有其限制，再者，我手上也只有五簡玉冊。說不定得將三份十五簡玉冊湊齊，才能知道更完整的訊息。」林洪哲如此推測。

5

林洪哲的話才剛說完，紫珊眼前的景象又有變化，只見人物移動迅速，再也聽不到對話，但是她可以了解到，鄭涵跟林洪哲一起天涯行走，兩人相互扶持，到處尋找玉冊的下落，最後還結爲夫婦，生了一個男孩。

鄭涵再度出現在紫珊的面前，她看著紫珊，繼續說道：

「接下來的故事有些殘忍，我用口述的。我的兒子引善兩歲時，我接到月升師父的消息，她想看看我們修習得如何，要我們師兄妹再度相聚。我讓洪哲在家照顧孩子，隻身去見她。沒想到我抵達時，她已經身受重傷。師兄張萱告訴我，我們的師妹徐靜和她的夫婿子湞設計陷害師父，他們覬覦她身上闇石的力量，想逼師父說出闇石的下落。我非常震驚，想到洪哲當年所說的話，這個子滑果然是禍害。

「張萱告訴我們，他已經除去子滑，不用再擔心徐靜受影響。不過另一個師兄王冉奇用手中的銅鏡看到徐靜已經有子嗣，師父聽到這消息臉色大變，堅持要我們把那孩子處理掉。

「師命難違，張萱擔心師父此時身體虛弱，功力大減，跟師父商量後，讓她進入畫中修習五行之氣，之後我們才上路。我們千方打聽，發現徐靜在她夫婿死後，帶著孩子投奔到她姊姊家。」

鄭涵此時的表情帶著悲傷，還有點不安。

「我們找到徐靜，逼她交出孩子。但我不忍心，想要阻止，可惜功力不敵兩位師兄，被他們聯手制住。師兄們逼迫徐靜，讓她親手殺了自己的孩子。」

紫珊聽到這裡，忍不住打個冷顫，覺得這些人好殘忍。鄭涵沒講太多細節，但是過程一定很讓人不舒服。

「我跟師兄們離開後，我告訴他們我要回家探望孩子，不跟他們一起回去見師父，他們體諒我，沒有勉強，之後我獨自回頭去找徐靜。」

「你……你回去殺了徐靜？」紫珊瞪大眼睛問。

鄭涵冷冷瞪她一眼，「我回去，是因爲我知道，她殺的不是自己的孩子。我也有一個兒子，我知道身爲人母是下不了手的，果然，死掉的是她姊姊的孩子。」

「她可以這樣把自己姊姊的孩子殺了，實在是可怕的人。」紫珊說。

鄭涵沒理她的評價，繼續說下去：「我去找徐靜，我告訴她，如果她不想王再奇再度找到孩子，就把孩子交給我。她沒有選擇，只好同意。」

「你爲什麼要帶走她的孩子？」紫珊忍不住問。

鄭涵嚴肅的看著她，「引善出生後，我很想再有一個孩子，但是我知道，因爲師父給我們的法力，讓我們只能有一個後代。引善此生無法有手足，爲此我深感遺憾。有一天我想到，師父的法力是自己練出來的，我雖然沒有她上千年的沉厚功力，但是我要的不多，只想要破除師父訂下只能有一個小孩的法力，如果我努力，說不定可以練出來。所以兩年來，我跟洪哲一起努力鑽研，試著突破『隱靈法』給我的限制。

「我會有這樣的想法也不是無中生有，我先前不是說我跟師兄妹在山上一起練『隱靈法』嗎？這法力可以影響後代，決定生子，可見力度之強。但習法之人都知道，法力練成時可能會有異法的情況發生。」

「什麼是異法？」紫珊問。

「意思是法力的奇異現象，有人用『走火入魔』來形容。『走火入魔』聽起來恐怖，讓人害怕，但是事實上這些現象不見得是壞的，只是不符合當初的期待。如果不是太嚴重，習法之人不會去在意這些小瑕疵。」

紫珊點點頭，聽起來很像現代醫學講的副作用。

「我跟師兄們在去找徐靜的路上，張萱告訴我，徐靜可以聽到師父的想法，所以才會導致這些事發生。他當初就是在得到『隱靈法』的同時，發現自己跟師父有某些特殊的連結，可以進入畫中，跟畫中的師父溝通，徐靜也是同樣的情況。所以他知道徐靜的話是眞的，徐靜可以聽到師父心裡的想法，我們敬重的師父，其實眞的有陰暗的一面。

「於是我想到，如果眞的是這樣的話，師父在畫裡修習，一旦她的功力恢復，從畫中出來，豈不就很危險？這時另一個師兄柳子夏才跟我說，其實張萱把師父畫進畫裡後，他寫了一首詩在畫上面，這首詩其實是一道符，會保佑這幅畫安然長存，但是如果師父的法力修習完全，卻又心生惡念，這幅畫就會自動燃燒銷毀，師父會永遠待在畫的世界裡，而子夏寫的詩句會蓋住她邪惡黑暗的記憶，讓她在畫中長生不老。

「一來，她畢竟是師父，我們不能弒師，二來，她死了的話，闇石的力量會再度出現，雖然她傳授我們『隱靈法』，但是法力這種事難以預知，闇石的力量也無法估計，能不發生是最好的。張萱當時是這樣說的。

「同時我了解到，徐靜得到的異法是可以聽到師父的想法，張萱可以用畫跟師父產生連結，子夏的文字可以影響師父的記憶，冉奇的銅鏡可以看到傳承師父創立的『隱靈法』的後代。」

「那你呢？」紫珊問。

「當時其他三位師兄也是這樣問我。」鄭涵繼續說，「我只告訴他們我還沒發覺這件事，但是我知道，我可以些微的更改師父的法力。」

「當我學會『隱靈法』後，便感覺到此微不同，我以爲是自己功力更強，可以把師父傳給我的法力舉一反三，後來跟師兄們對話後，我才了解這是我的異法。

「徐靜的孩子是師父跟師兄們欲除之而後快的孽種，我可以體諒他們的擔心，畢竟徐靜跟子滑的野心太大，意圖陰毒，留著兩人的後代，等於留著無限的禍害。但是我不想用殺戮解決問題，而且孩子是無辜的，爲什麼要承擔這樣殘忍的後果？

「我帶著她的孩子子堃回到我家，告訴洪哲我要收養他，洪哲支持我的決定。那麼首先，我得要讓子堃的黃龍不能再出現在冉奇的銅鏡上。徐靜的法力以五行中的土氣爲主，代表的神獸就是黃龍。當時冉奇拿著銅鏡給我們看時，澄亮的鏡面上出現一隻黃龍，身邊跟著一隻小龍，代表徐靜有了後代。我如果想保住子堃的命，就不能讓冉奇再看到他。

「我對著子堃施『閉影法』，這個法力其實我苦練許久，是我爲了破除『隱靈法』中單傳的限制，想破頭研究出來的方式。我無法跟師父千年的功力對抗，也無意對抗，只想略爲通融。我想出的方式是用法力遮掩我兒子引善的存在，只要他被認爲不存在，那麼我就有機會再添一個孩兒。

「我再三修習，苦練『閉影法』，卻在快要練成時被師父召喚，然後跟師兄們一起去找徐靜的孩子，所以還沒來得及用在引善的身上。當我帶子堃回家後，我擔心冉奇發現鏡中的小龍影像還在，會追殺過來，所以把『閉影法』施在子堃的身上。

「我很緊張，不知道能不能成功。後來陸續接到師兄們的書信往返，有一天，冉奇師兄信上說到上次逼徐靜殺了她的孩子之後，從他的銅鏡中，沒看到徐靜有新的子嗣，他擔心徐靜若沒孩子，師父的『隱靈法』如何傳下去？子夏安慰他，『隱靈法』讓我們有子嗣，徐靜終有一天會再成婚生子的。而且師父在畫裡很安全，長生不死，闇石力量就無法再現，沒有子嗣也是無妨云云。看到這些，我便確定他們沒有發現子堃還活著，子堃是安全的，我的『閉影法』成功了。

「本來我打算也施『閉影法』在引善身上，好再度懷胎生子，不過有了子堃陪伴引善，我再有一個孩子的念頭淡了，而且之後那幫人繼續爲難我們，想搶奪玉冊。帶著兩個孩子抵抗已經不容易，再添一子會更危險，所以這念頭就被耽擱下來了。

「另外，師父的『隱靈法』讓我們的後代不會有法力，要闇石的力量重現後，法力才會被啓動，我想改變這個規定，讓這兩個孩子都可以習得法力。因爲我們要對抗那幫人，孩子們必須要有自保的能力。只是師父的『隱靈法』太強大了，不管我怎麼努力，他們都必須等到十五歲之後，法力才能展開。但是我已經很開心，至少不用等到闇石的力量重現。

「我第一次遇見洪哲時，那些灰袍人意圖搶他的玉冊不成，他們的師娘王億又派出更多的人來糾纏。這中間過程複雜，我長話短說，在最後一次爭奪中，那群人起內鬨分成兩派，王億的小兒子武盛被自己的哥哥抓住，還被人用法力千方虐待，奄奄一息，洪哲不顧自己的性命去救他，把他帶回去給王億。

「王億看到小兒子受到如此虐待，萬分心痛，大澈大悟，覺得不應該爲了一份玉冊讓至親兄弟反目成仇。之後，她看到洪哲不僅帶武盛回家，還耗費自己的法力救他，前後花了七天七夜，一條命總算被救回來。

「因此，王億決定把玉冊送給洪哲，她覺得這樣世代交惡下去只會造成更多死傷，她打算解散師門，帶著兒子們歸入山林，玉冊就讓洪哲繼續傳承下去，也祝我們早日找齊玉冊。事情至此逆轉，出乎意料，不過能拿到兩份玉冊，我們眞的非常高興。」

鄭涵說完這長長的一段，停頓了一下，紫珊眼前的景象一變，出現一片山陵。

6

「就是這裡。」林洪哲的聲音傳來，紫珊轉頭一看，鄭涵跟洪哲來到身邊，身後還有兩個十來歲的男孩。一個高大些，面目剛毅，眼神柔和，一對濃眉遺傳自父親林洪哲；一個矮了些，精瘦靈動，雙眼慧黠。

「子堃，引善，這裡一草一木都受到法力的影響，你們要多加小心。」鄭涵說。

「是，師父。」瘦矮的男孩應聲。他雖然眼睛轉了轉，但是態度恭敬，遵從指示。

「娘，這裡就是秦始皇的墳墓嗎？」個子高的是引善，他看著四周，露出好奇又期待的表情。

鄭涵此時正專注的感受周圍的氣場，沒有回應。林洪哲幫她回答：「是的，前面這就是封土堆。秦始皇的地宮就在這個封土堆下。」

「什麼是封土堆？」引善問。

「人死後埋入地下，但是下葬時並不是把土填平就好，造墓的人會在上面堆一個山丘，用來保護墳墓，下雨的雨水也會順著斜坡向四方流去，不讓水滲入墓穴。越是高官將領，封土堆越大，越有厚葬的意思。你們眼前看到的這座山丘像是一個倒扣的斗，就是秦始皇的封土堆。」

紫珊不太曉得斗長什麼樣子，倒是覺得這個封土堆很像金字塔。

「爹爹你來過這裡很多次嗎？」引善看著林洪哲。

「我多年前曾來過一次，還遇到你娘的師妹。」林洪哲說。

「原來師父也有師妹啊，會像我和師兄這樣整天一起練法嗎？」子堃歪著頭問，「那師父也有師父嘍？師父會不會也被師父罵啊？」

紫珊想到鄭涵的師妹徐靜其實就是子堃的親娘，看來他們沒有讓子堃知道他的身世。

「我娘這麼聰明認眞，才不會被師父罵呢！」引善驕傲的說。

「難說喔，我也很聰明認眞，師父也會罵我啊。」子堃吐吐舌頭說，他偷瞄一眼鄭涵，鄭涵還在忙著觀察四周，似乎沒有聽到他的話。

「你啊，聰明有餘，認眞不足。」引善的模樣像是在模仿大人，可見鄭涵常這樣說。

「哪有，我的資質可是天上獨有，地上難找，舉世無雙好嗎？」子堃翻個白眼，應了回去。

「是是是，舉世無雙，」引善戳戳他，「太舉世無雙了，所以你娘才不要你。」

子堃愣了一下，還來不及反應，在一旁忙著勘查地形的鄭涵非常迅速的來到引善身邊，手一翻，兩隻小小的朱雀急射而出，飛向引善，停在他的肩膀上。只見引善臉頰漲紅，滿頭大汗，彷彿承受著很大的痛楚。

鄭涵對著他厲聲說：「引善，我再三跟你說，子堃來我們家，就是我們的家人，他不僅是你的師弟，也是你的弟弟。你跟他平常打打鬧鬧，說說笑笑，這都無妨，但是不許你拿他的身世開玩笑，不能嘲笑他。」

「是啊，」林洪哲也走到引善的面前，「說話前要三思，想想如果別人對你說這樣的話，聽了會如何？你想怎樣被對待，就要先怎樣待人。懂嗎？」他說起話溫和敦厚卻堅定有力。

「懂……我懂……對不起……」引善低聲說。

「我要你真懂，你不用跟我道歉，而是要跟子堃道歉。」鄭涵一臉嚴肅的說。

「是……娘……子堃……對、對不起……我不是故意要笑、笑你的……我不會再做這種沒長腦的事了。」

「師父，你原諒師兄吧，他不是故意的，就是……就是聰明有餘，認真不足。那個朱雀好痛的。饒了他吧！」子堃替引善求情，他的身子抖了一下，看來他也被同樣的法力處罰過。

鄭涵看到引善道歉，子堃也來求情，加上兩個孩子前後模仿她訓話的樣子，暗暗覺得好笑，氣消了大半。不過她還是板著臉，把兩隻朱雀收回來。

「謝謝娘親的教誨。」引善低著頭說。

「還不謝謝子堃替你求情，他被你嘲笑還幫你說話。」鄭涵嚴厲的瞪了兒子一眼。

「謝謝子堃。」引善小聲的說。

「沒事啦。」子堃開朗的說。引善給他一個感激的笑容。

紫珊看他們的互動，覺得這兩個男孩個性不同，也沒有血緣，但是感情似乎不錯。

「你幾年前來過這裡，現在感覺有什麼改變嗎？」鄭涵教訓過小孩，再度把注意力放在四周。

林洪哲用法力試探環境，「一樣，這附近有一股強大的力量保護著墓穴。」

「是，我也感覺到了。」鄭涵低聲的說。

「你可以用你玉簪上的法力，看看另一份玉冊是不是在裡面嗎？」林洪哲問。

「我的玉簪跟著我一起練法，最近這十年更加精進，一般這種距離，本應可以輕易的跟任何玉石相呼應，但是我剛剛四處查看，運起法力，發現你說的對，這裡有一股很強大的力量阻擋，我必須要更專注施法試試看。」

「好。」林洪哲期待的說。

紫珊看到鄭涵面對著山丘，眼神堅定，凝視一段時間後，她的頭輕輕一傾，玉簪飛離頭髮，來到她的面前。

玉簪在空中繞轉，幻化成朱雀，朱雀橘紅亮麗的羽毛，在陽光照射下，閃閃動人。

朱雀盤旋了一會兒，接收鄭涵的指揮，朝著秦始皇的陵墓上方飛去。

牠飛得極爲緩慢，仔細不放過每個角落。

「我師父說，胡亥繼位後，他的手足和其後代都被殺害，被埋在陵墓的東南方向。不過我之前去那邊找過，並沒有結果。」林洪哲面色凝重的說。

鄭涵點點頭，讓朱雀朝著林洪哲指的方向飛去。

朱雀來來回回，鄭涵眼神堅定專注。

接著，朱雀好像感應到什麼一樣，在一個固定的點上面徘徊盤旋。這時，紫珊又聽見玉聲，非常輕微，聽不清語句，只有悠遠細弱的叮咚聲。

「我聽到了。」鄭涵也同時說。

「你聽到什麼？是來自另一份玉冊嗎？」林洪哲滿懷著期待的問。

鄭涵清麗的臉龐滿是專注，「沒錯，兩份玉冊在我身上一陣子了，朱雀很熟悉上頭的玉聲，所以我讓牠去找同性質的玉聲，可以知道就在那個位置的下方。」

林洪哲看著那個方向。

「感覺位置很深，被埋在非常底下。」鄭涵說。

「難怪我之前怎麼也找不到。」林洪哲點一下頭。

「所以你已經進去過了？」鄭涵問。

「是，但是我只是在那一層搜尋，什麼也沒找到。現在看來玉冊在更底下，裡面應該有暗層或密道。」林洪哲說。

「以我們兩個人的力量，要找到密道不成問題。」鄭涵自信的說。她把朱雀召回來，玉簪主動回到她的頭上。

「我們也一起去嗎？」引善語氣帶著期盼。

鄭涵心裡琢磨了一下，「你們滿十五歲之後開始擁有法力，雖然才過一年，但是精進很多，保護自己沒有問題，跟我們一起去，也好磨練磨練。」

兩個男孩聽到要去墓地探險，臉上皆露出興奮的表情，躍躍欲試。

「我領頭，這裡我來過幾次，知道有哪些機關。」林洪哲說。

「好，兩個孩子跟在你後面，我押後。」鄭涵點頭。

林洪哲走在前面，帶他們穿過林子，走了一段後來到一個小土丘，土丘上有一些矮樹叢，密密麻麻，長得茂盛。

他看了看四周，手一揚，一條藍色的龍現身，牠盤旋了一圈後，停在上空，林洪哲手再度一揮，龍的口中吐出藍色的霧氣，眼前的樹叢忽然移動起來，像是長了腳一般，往兩旁移去。

兩個男孩看得目瞪口呆。

「我花了好幾年找到這個入口，爲了防範盜墓人起貪念，我用法力築起這道樹林，一般人進來只會迷路，然後忘了自己爲什麼來到這裡。」林洪哲領著他們往前走。

「所以，你設下法力之後，都沒人來過嗎？」鄭涵看看四周的樹木。

「我曾透過法力察覺有人來過林中。秦始皇的墓，常常有人試圖闖入，但一般人倒不用擔心，而且我可以確定，沒有人從這裡進入墓裡。」林洪哲語氣肯定的說。

「我們可以看到秦始皇的棺槨嗎？」子堃眼睛睜大的問。

「裡面就是秦始皇的白骨？」引善一副很緊張的樣子。

「我們要進入的那區叫殺殉墓，在整個秦始皇陵的東南區，是秦始皇的子女們被胡亥殺害後埋葬的地方。秦始皇陵腹地廣大，裡面機關非常多，我們是要找玉冊，所以只要在這區找就好，不會到秦始皇的棺槨那邊。」

「喔，好吧。」子堃微微的失望，「我還挺想看秦始皇的棺槨呢！」

「還是不要好了。」引善猛搖頭。

他們一邊走，身後的樹又依序回到原來的位置，擋住去路。

走了一段路後，林洪哲停了下來，眼前還是很多樹叢，但是藍色的龍坐臥在其中一株又高又粗壯的樹上。林洪哲對著牠一指，龍在空中旋轉，變成一股像龍捲風一樣的旋轉氣流，這氣流包圍著這棵樹快速旋轉，像是一個巨大的鑽頭。這是紫珊的視角，她當然知道唐朝的時候沒有電鑽這種東西。

紫珊看著這個大鑽頭往地下鑽去，樹旁的乾燥土地裂了一圈，形成一個大洞，然後整株大樹向下落去。

這洞看起來深不見底，不過可以在洞口的邊緣看到這棵樹的頂端。

「順著這些樹枝爬下去。」林洪哲說。

「看起來好深啊！」子堃皺著眉頭，身體微微顫抖，似乎很害怕的樣子。

「小心抓好樹枝就沒事了。」鄭涵說。

「裡面的東西，沒有我允許，不要亂動。」林洪哲仔細叮嚀，率先往下爬，兩個男孩跟在後面，小心又興奮的爬著，最後才是鄭涵。

紫珊看著這個洞有點害怕，正猶豫要不要也跟著爬下去，忽然發現她已經在地洞樹下了。她想起自己是在鄭涵的回憶裡，所以就算不爬樹，當年鄭涵的記憶影像也會出現在她的眼前。

紫珊稍微鬆一口氣，因爲她最不會爬樹了，而且這個洞又黑又深，又是陵墓，更是令人害怕。

黑暗沒維持多久，只見四個有如螢火蟲般的火光亮起，分別落在四個地方，接著從亮點擴散成人形，鄭涵四人全身皆泛著微微的光芒。

「我施了法，讓大家可以看到對方的位置，不會胡闖瞎撞。」鄭涵說。兩個男生好奇互看，然後兩個人身上的光線忽明忽暗，嘻嘻笑著。

「你們可以用法力控制亮度沒錯，」鄭涵微微皺眉，「不過維持可以看到四周的亮度就好，不要影響其他人。」

「好了，不要玩了。」林洪哲也制止兩人嬉鬧，「這裡有個地道，往西走就可以到殺殉墓，跟好。」

他說完率先往地道走去，洞穴裡是完全的黑暗，紫珊就著大家身上的光芒，看到通道還算乾淨寬敞，並沒有想像中可怕。

這時，忽然一道黑影竄出，一下子又消失，然後又一道黑影乍現，在四人面前飄忽來去。

7

「那、那是什麼?」引善驚恐張望。

「有鬼!」子筌顫抖的說。

「啊!我怕鬼!」引善抱頭閉上眼睛，蹲在地上不肯再走。

「起來，我們一起打鬼!」子筌一腳踢著引善，同時也架起雙拳，準備出手的樣子。

「這是什麼?」鄭涵警戒的問。

「這不是鬼，是秦朝時搭建墳墓的人留下的機關，用來嚇阻想要闖入墓穴的人。」林洪哲冷靜的說，「我們先把心定下來，不要自己嚇自己，你們現在絕對有足夠的法力對抗。」

兩個小孩聽完後安心了一點，雖然看到黑影飄來飄去還是毛毛的，不過兩人都努力運氣施法，保護自己，引善也勉強起身繼續往前走。黑影還是飄忽，但是都近不了身。

再往前走沒多久，子善忽然停下腳步，面帶微笑的轉起圓圈。

「這蝴蝶好美啊，我要抓牠。」引善手伸出來，在空中抓著。

「這裡好多小鳥啊！」子堃也面帶笑容，又抓又跳的。

紫珊覺得太詭異了，她沒看到什麼蝴蝶小鳥啊。

「你們怎麼了？」鄭涵皺著眉頭問。

「他們法力比較弱，加上之前黑影的驚嚇，所以心智容易被影響。」林洪哲說完，伸出手握住引善的肩膀，鄭涵也同樣握住子堃的肩膀。他們幫兩個孩子運氣，將自己的法力渡過去。

「蝴蝶不見了。」引善全身一震，猛然清醒的樣子。

「剛才這裡好多鳥，發生什麼事？」子堃也恢復神智。

「這是另一個擾亂心智的機關，法力不夠的人會看到幻影，一般人受到幻影的影響甚至會被毀了心智，主要是阻止人進入墓穴。」林洪哲說。

「可是，通道就是讓人進出的，如果他們不想讓人進入墓地，何必挖出這條地道，然後再弄得鬼影幢幢的來嚇人？」子堃皺著眉頭問。

「問得好。」林洪哲嚴肅的說，「這裡埋的是秦始皇的後代，是胡亥的其他手足和後人，他殺完宮裡的人，又繼續追殺逃亡在外的那些，所以沒有馬上封死墓區，而是留下通道，陸續把人埋進來。當時我找到這個通道，已經先用法力破除很多機關了。」

「每次聽到這種追殺人家後代的事都覺得好莫名奇妙，這些後人又跟他無冤無仇，幹麼把自己的怨恨架在他們頭上？這些人好可憐喔。」子堃憤恨不平的說。

鄭涵跟林洪哲對望一眼。

「世間就是有這麼多不公不義的事，我們學法之人，只能靠自己的力量儘量幫人。」鄭涵語重心長的說。當年她把子堃從徐靜身邊帶走，就是不讓其他師兄殺害子淯的後人。

「怎麼幫啊？這些人早就死了。」子堃指指前方的墓地，他當然沒聽懂鄭涵話裡的意思。

「這些人都成陰魂了，這裡的陰魂一定充滿怨氣。」引善看著前方，語氣有點害怕。

「我們有法力護身，不要讓這些影響你的心智。」林洪哲語氣充滿正氣，他再度按住引善的肩膀，渡一些法力給他。鄭涵也對著子堃照做。

一行人繼續往前走，紫珊看到前方出現盡頭，他們遇上一堵土牆。

「就是這裡。」林洪哲說。

這時，突然出現更多飄忽的黑影，聚集在他們面前的土牆上，使牆面像是塗上一層厚厚的墨一般漆黑。

「等下會箭矢齊飛，你們要做好準備。」林洪哲才說完，漆黑的牆面便冒出一枝枝的細箭，朝著四人急射而去。

林洪哲喚出藍龍，用法力擋住大半，兩個男孩也不遑多讓，奮力施法抵擋。

紫珊看到這兩人像鄭涵那樣喚出朱雀，兩隻朱雀跟主人的個頭一樣，一個大些，一個小點，但是可以看出來，他們的法力不弱，一一把細箭化解。

終於，土牆不再有箭射出，四人也都安好無恙。林洪哲手再翻轉，藍龍口吐霧氣，覆蓋在整個土牆上，土牆像是被融化了一般，出現一個洞。

「裡面有個房間耶！」引善興奮的睜大眼睛，往前走一步，林洪哲拉住了他。

「個性衝動會害了你的。不管到哪都要小心，尤其在這種地下墓穴。」林洪哲訓了引善，「秦始皇的陵墓注滿了水銀，水銀之氣會讓你中毒而死。你們先服下清心丹。」林洪哲說完，掏出一顆清心丹放入嘴裡。

兩個男孩各自從衣袋裡翻出清心丹放入口中，鄭涵也依樣照做，他們運氣讓丹藥護住全身心脈，然後從土牆上的洞爬進去。

他們順著斜坡通道往前走，來到一個四方空間。

「這裡總共有十七個墓，南北一字排開，每個墓呈『甲字形』建造。」林洪哲解釋，「這十七個墓裡各有一個棺槨，還有豐富的陪葬品。我查過，裡面沒有玉冊。」

「你把棺槨一個個打開來看嗎？有沒有什麼鬼魂出來？」引善問，口氣有些害怕。

林洪哲搖搖頭，「我來這裡是要找玉冊，不是覬覦寶藏，也不想打擾死者。我並沒有一一打開棺槨，我是用法力去感測的。」

「你說你找不到玉冊，但是朱雀的確感應到玉聲。」鄭涵說著，再度喚出朱雀，「沒錯，玉冊就在這區域，但是在底下比較深的地方。這裡還有通道可以下去嗎？」

林洪哲皺眉，「這十七個墓我來來回回探尋多次，沒有什麼密道或通道。」

「我們可以自己挖地道！我最近練出的法力可以化石為粉，剛好派上用場。」子堃異想天開的說。

「你的想法總是跟一般人不一樣。」林洪哲微微嘆一口氣。

「這裡是墓穴耶！我們不要亂動比較好。」引善則是瞪了子堃一眼。

「這十七個墓穴，哪一個是那位大弟子娶的公主的墓？」鄭涵問。

「我不知道。我一一看過他們的棺槨和殉葬品，只有兩個玉印有文字，上面刻著『榮祿』和『陰嫚』，這應該是秦始皇子女的名字。我記得，師父提到周麟娶的公主名叫『季嫚』，可是怎麼找，都沒有找到能證明她身分的用品。」

「這些真的是秦始皇子女們的墓嗎？怎麼沒有立碑刻下姓名？」引善問。

「這些墓有一定的規格，是他們的墓沒錯。不要忘了，這些人都是被胡亥殺死的，是政治鬥爭下的犧牲品，當然不會給他們立墓碑。」林洪哲說完手一揮，藍龍現身，牠口吐輕煙，籠罩在棺槨四周，棺槨像是變透明了一般，裡面的景象一覽無遺。

棺槨下只見一副枯骨，蜷曲著躺在裡面，身首分離，頭骨上還插著一截箭頭，看起來下場非常悲慘。

「其他棺槨和這具一樣，屍首殘破，生前都曾遭受殘暴虐待。」林洪哲說完，臉色忽然微微一變。

「怎麼了？」鄭涵馬上問。

「我想到一件事，在這十七個墓穴中，其中有一個棺槨是空的，裡面沒有屍首。」林洪哲說。

「一起去看看！」鄭涵眼睛一亮。

林洪哲照著之前的方式，帶著大家穿過墓與墓之前的土牆，來到一個比較小的墓室。

「這個墓室也跟其他墓室不一樣，完全沒有陪葬物，而且棺槨裡是空的。」林洪哲指著墓室中央一個棺槨。他再度喚出藍龍吐出藍煙，大家清楚的看到，棺槨裡空無一物。

「你打開看過嗎？」鄭涵問。

「沒有，我說過我沒有移動任何棺槨，裡面既然沒有東西，我更是沒想到要去打開。」林洪哲搖搖頭。

「我們打開看看！」子堃看著鄭涵說。

「不要吧……爹爹說要尊敬死者……」引善口氣猶豫，有些害怕。

「我可以感覺到，玉冊就在這棺槨的下面。」鄭涵說。

林洪哲想了想說：「好，我們來開棺。」

兩個男孩對望一眼，又是期待好奇，又是害怕不安。

林洪哲繞著棺槨一圈，仔細看了看，「我從未打開過棺槨，不知道裡面情況如何，我和你們師父合力用法力開啓，以防有什麼機關。你們兩個後退幾步，也運氣施法保護自己。」

兩個男孩聽令，往後退兩大步。

林洪哲喚出藍龍，鄭涵喚出朱雀，藍龍與朱雀在棺上徘徊，化成兩道光芒。一道橘光四散，整個覆蓋在棺蓋上，像一層薄薄的被子；另一道藍光落在橘光上，像龍捲風一般，在上面繞轉。

棺槨完全沒有動靜。

兩人再度施法，橘藍光在小小的空間中流動，但就是無法打開棺槨。他們收起法力，皺著眉頭。

「連師父和師爹的法力都打不開，這也太奇怪了。」子堃跟引善再度往前靠近棺槨。

「看來這個棺槨的確有蹊蹺。」林洪哲雙手抱胸，思考著怎麼做。

「我們來推推看。」子堃躍躍欲試的樣子。

「喂！你不要亂動。」引善扯著他。

「我有問你的意見嗎？」子堃瞪他一眼。

「爹娘的法力都打不開，裡面一定有問題。」引善拉他後退一步。

「你不要那麼用力拉我！我看你只是怕鬼吧！」子堃甩動著手。

「才不是咧，剛剛爹爹有囑咐我要小心，不要衝動。」引善頂回去。

兩人拉拉扯扯間，子堃一個重心偏了，肩膀碰到了棺槨。

「你不要亂碰啦！」引善喊著。

「噓！你看。」子堃看著棺槨，要他噤聲。

只聽到一陣低沉幽冥的嗡鳴，棺槨上蓋慢慢向上升起。

8

「跟你們說過，來到墓穴裡，要謹言慎行，不要隨便亂碰東西。」林洪哲語氣沉重，瞪了兩人一眼，上前望進棺槨。

其他三人也好奇的圍上去，每個人，包括紫珊，都大吃一驚。

裡面的確沒有人骨，但不是空的，一把長劍躺在棺槨裡。那把劍大約半個人高，劍身是銅製的，在地底下躺過好幾個朝代，卻依然沒有半點鏽跡，劍身光滑明亮。

「剛剛看明明是空的啊？難道是鬼？」引善驚訝的說。

「說不定是劍鬼喔！」子堃瞪他一眼。

「你才見鬼啦！」引善也瞪回去。

「夠了！」鄭涵揮手，制止兩人鬥嘴。

「我的法力沒法使這把銅劍現身，看來，這不是一把普通的劍。」林洪哲低聲說。他再度喚出藍龍，讓牠進入棺槨。藍龍在劍身上徘徊，銅劍上泛出黃銅色的光芒，彷彿在回應藍龍的法力。

「劍上的力量就是當年那個大師兄的力量，他要我們從棺槨底部下去。」林洪哲說。

「為什麼？下面有什麼？它的意圖是好是壞？玉冊就在這下面嗎？」鄭涵謹慎的問。

「不知道。只感覺到它在呼喚我們下去。」林洪哲微微皺眉。

「會不會是這個墓穴的主人被埋在下面，然後要我們跟著陪葬啊？」引善害怕的說。

「我們要不要下去？」子堃小心的問。

鄭涵喚出朱雀，讓朱雀在棺槨內繞轉。「我可以感覺到玉冊就在底下。我們得要下去一趟。」

「好，我也這麼想。」林洪哲堅定的說。銅劍此時立了起來，劍柄朝上，劍尖朝下，好像畫畫一樣在棺槨裡繞動。

「它在畫符嗎？」引善問。

「這是一個入口，被施法封住，這把劍在畫開啓符。」林洪哲說著，棺槨底部露出一個黑森森的大洞，一條階梯地道往深處延伸而去。

「我先下去，這種地方通常會有很多機關，沒問題你們再下來。」林洪哲說。

「我們一家人要在一起，遇到什麼事也好互相照應。」鄭涵堅持，不肯讓他單獨下去。

林洪哲考慮了一會兒，點點頭，率先走入地道。

這條地道比之前那些還要整齊，保存得也更完善，土牆上還有壁畫，生動的描繪出當時宮廷生活的景象。

大家往前走，眼睛四處張望，這地道感覺非常深，一直往下蜿蜒，不過一路上倒是沒有什麼黑影暗箭。

地道內沒有機關，但是非常的漫長幽暗，四人警戒的往前走。

「怎麼這麼久？」子堃先失去耐心。

「我們要走到哪？」引善的口氣也帶著焦躁。

「這地道不知道通往何處，但是一定是這裡沒錯。」林洪哲保持鎮定的說。

紫珊跟著四人繼續往前、往下走，又走了好一會兒，忽然林洪哲停下腳步，大家才發現，他們來到地道盡頭，前面是一個深淵。他們站在地底的懸崖邊。

地底居然有懸崖，好奇特的景觀啊！感覺眞詭異。紫珊想著。

「這懸崖深不見底……好可怕啊！」子堃看著眼前的巨大黑洞，臉色蒼白，猛往後退。

原來子堃懼高。紫珊想。

「前面沒有路了？」鄭涵來到洞口看著下方深不可測的黑暗。

「難道玉冊在這深淵底下？」林洪哲站在懸崖邊向下望。

鄭涵深呼吸運氣，喚出朱雀。朱雀往下俯衝，橘色的身影一下子就被黑暗吞噬，消失不見。

鄭涵眼神專注，全心施法，不久後朱雀現身，回到大家的眼前。

「玉冊不在下面，在前面。」鄭涵說。

「前面？」子堃大叫，「那怎麼辦，我們過不去啊？」

「我們是不是要回頭？」引善問。

「我們要往前走。」鄭涵看著前方。

「怎麼走？這裡沒路啊？」林洪哲說。

「我們要試試看。」鄭涵看著前方，「子堃，你過來。」她對他招手。

「不……我不要靠近，好可怕……」子堃顫抖的說，又後退一步。

「我們要祈求這裡的先靈讓我們通過，你過來！」鄭涵用命令的語氣說。

「不要，不要，爲什麼要我過去？你要推我下去，用我去祭祀亡靈嗎？我看過書上寫的，古人爲了求祖先達成他們的願望，會用人牲獻祭，我不要當人牲！」子堃害怕的胡言亂語。

「沒人要推你下去，只是要你過來一下。」鄭涵放緩語氣說。

「爲什麼是我？爲什麼……我不要……」子堃沒再說下去，只是搖頭。

鄭涵話語一轉，「當然不是只有你，我們每個人都要跪拜祈求。你擔心的話，那我先。」

只見鄭涵在懸崖邊雙膝下跪，然後雙手在胸前合十，眼睛微閉，之後整個身體趴下，雙掌雙肘著地，前額也觸碰地面。

這個姿勢維持了好一會兒，她才起身，「洪哲，你也這樣做。」

林洪哲知道妻子這麼做一定有原因，沒有多問，只是點點頭，跟著照做一次，

「引善，你也來。」鄭涵說。

引善不敢違背娘親的話，只能照做。

「子堃，」鄭涵語氣溫和，「我們都誠心祈求了，你只要做剛才我們三人做過的動作，記住要在心裡默禱，意念要純。」

子堃看著他們三人的動作，情緒安定下來，他猶豫了一下，慢慢走到懸崖邊。

他瞥見前方深不可測的黑暗，頭一暈，身體搖晃，趕快跪了下來，靠近地面讓他比較有安全感，然後他學著鄭涵的姿勢，雙手先合十，然後再頭手碰地。

此時忽然整個地面晃動起來，子堃「啊」的一聲，往後跳開。

只見地道在震動中出現裂痕，地道上方也有石子落下，地洞深處更是傳來轟隆隆巨大聲響。

「我們快回頭，這裡快要崩塌了！」子堃驚慌大喊著回頭就跑。

林洪哲跟引善也後退了好幾步。

鄭涵拉住子堃，穩住了他，同時對著林洪哲跟引善搖搖手，好像已經預知到這件事一般。

地道上出現蜘蛛網狀的裂縫，只見有黑色的東西從中冒了出來。

「這些黑色的水是什麼？」引善嚇得大喊。

「這……我覺得不是水，看起來像布。」子堃皺著眉頭說。

紫珊也發現那東西不像液體，也沒有固定的形體，看起來像是絲綢一般光滑細緻。

這像綢布的黑色東西彷彿有生命似的在地上蠕動，簇擁著往懸崖邊爬去。

「你們看！」引善喊。

黑色的布狀物朝著深淵蔓延，可是卻沒有掉落下去，在巨大的地洞上方像地毯般展開，直直朝著黑暗的另一頭延伸而去。

「這是什麼？」引善問。

「發生什麼事？」子堃問。

鄭涵跟林洪哲走上前，蹲下身仔細檢視這條黑色的東西。

「看起來，像是引導我們越過深淵的路。」林洪哲說。

「路？這看起來軟得像布！」引善皺著眉頭。

「我們要過地洞，一定要有橋，這條像黑布的東西就是幫我們過去的橋。」鄭涵說。

子堃若有所思的走到懸崖邊緣，也彎下腰去摸摸這一片黑色的橋。

「師父，這條黑色的橋，是在我跪拜祈求後發生的，爲什麼會這樣？而且，好像你早預料這件事會發生一樣。」子堃看著鄭涵說。他的眼睛晶亮，語氣直接，帶著不讓人敷衍的堅持。

林洪哲跟引善也看著她。

鄭涵看著子堃，眼神清冷，但是柔和安定。

「我們現在離玉冊越來越近，之前我讓朱雀飛到深淵上方時，牠聽到更多來自玉冊的玉聲。這玉冊很明顯的被施予法力，想要吸引人去拿，但是不是任何人都可以拿到。」

鄭涵頓了頓，「只有秦始皇的後代才能去拿。」

「我們去哪找秦始皇的後代？」引善一時還沒意會過來。

子堃抿著嘴，大眼睛看著鄭涵，「師父，我是您收養的，您一定知道我的身世。」

「身世？你怎麼忽然想到你的身世？等等，你是說……」引善眉頭皺起來，來回看著鄭涵跟子堃。

鄭涵緩緩深呼吸，「是的，子堃，你是秦始皇的後代，你爹是秦始皇的兒子。」

子堃表情又是驚訝又是疑惑，嘴巴張開又合起來，過了一會兒才開口：「因為我身上有秦始皇的血液，所以我的祈求才讓黑布橋出現。」

「這也是為什麼之前我們怎麼都打不開棺槨，可是你不小心碰到，就讓蓋子自己打開了。」鄭涵說。

「原來是這樣啊！」引善也驚訝的大呼。

子堃想了想，問道：「秦始皇是快一千年前的人，他的兒子也早就死了，怎麼可能是我爹爹？我的爹娘到底是誰？」

鄭涵柔聲的說：「子堃，你眞的是秦始皇的後代，這條黑布橋就是因爲你的祈求而出現的，我日後會詳細告訴你經過，現在我們需要去找玉冊，等找到了，我們再慢慢聊。」

子堃看著鄭涵，緩緩搖頭，「師父，從小我問起自己的身世您都不說，我後來也不問了，您跟師爹愛我疼我教我，我也敬您們如爹娘，可是我眞的很想知道生我的爹娘是誰？爲什麼他們不要我了？求求您，跟我說吧！」

林洪哲看了鄭涵一眼，加入勸說：「子堃，我們現在先去找玉冊，日後等有合適的機會再……」他的話還沒說完，鄭涵就打斷他。

「我們都知道這孩子聰明伶俐，懂事聽話，但是同時也個性固執，決定的事就不輕易妥協。他既然堅持想知道，我想，現在就是合適的機會。」鄭涵緩緩的說。

紫珊看她的表情，像是下定了決心，並沒有不高興或勉強的樣子。

子堃滿臉期待的猛點頭，引善也非常好奇的豎起耳朵。

鄭涵深吸一口氣，開口道來，簡單直接的把子涓跟徐靜的故事，還有幾位師兄如何逼迫徐靜，最後自己把子堃帶走的事說出來。

子堃專注聽完，臉上的表情隨著鄭涵說的內容變化，一下子迷惑，一下子不安，一下子皺眉，一下子緊張，一下子忿忿不平。

「所以，你爹已經不在人世了。爲了你的安全，我帶你離開，用法力讓其他人無法找到你。」鄭涵說。

子堃看著鄭涵，眼神複雜，然後再看向一旁的林洪哲和引善。

引善拍拍他的肩膀，「不管你是誰的後代，你都是我的兄弟。」

他的話溫暖了子堃，子堃給他一個有默契的笑容。

「秦始皇當年是暴君，但這也是快要千年以前的事，你是誰的後代不重要，重要的是你自己。」林洪哲對他點點頭。

「子堃，我一直沒告訴你，是因爲你雖然本性不錯，有時候卻飄忽捉摸不定，行事有些偏激。我不確定你知曉眞相後的反應，本想等你再大些，性格更穩定時再跟你好好談談。不過，我想是時候讓你知道這些事實了。」鄭涵說。

「我懂……」子堃低聲說。

「那我們現在可以一起過黑布橋嗎？」引善問。

子堃嘴巴緊閉，久久沒有出聲，紫珊可以感到氣氛有點凝重。

「子堃……」引善走上前要去拉他的手，卻被子堃往後退一步閃開。

子堃下巴微微一揚，「師父跟著她的師兄逼迫我娘殺我，讓我跟我娘親分離，這件事，我不能原諒！」他說完便轉身向後，朝著來時的地道走去，消失在黑暗中。

9

林洪哲跟引善驚訝的瞪大眼睛，鄭涵不發一語，但是臉上已經掛滿淚水。

「我去追他……」林洪哲說。

鄭涵拉住他，搖搖頭，她嘴脣動了動，卻說不出話來。

林洪哲用手臂擁著鄭涵，「讓他靜靜也好，這麼一個大消息。」

「他……也是我的孩子啊！」鄭涵痛心的說。

「我懂，我懂，他也是我的孩子。」林洪哲拍拍妻子的肩膀。

紫珊看了也覺得心酸酸的。

引善抬起頭，看著爹娘難過的樣子，他深吸一口氣，大聲的說：「沒關係，他不跟我們去，我們自己去。」

說完便邁開大步朝著懸崖的黑布橋走去。

「不行！」林洪哲大喊，他放開妻子要去阻止，但是引善的動作很快，轉眼就踏上了黑布橋。

「不！」鄭涵大喊。

「啊！」只見空中的布橋像是拒絕承受引善的重量，鬆垮的往下垂落，引善的身子也猛的往下墜，消失在大家眼前。

林洪哲跟鄭涵衝到崖邊，但是已經來不及了，事情發生得太快了。

兩人同時召喚朱雀跟藍龍，這時，一道影子突然從後方衝出，越過他們，朝著懸崖奔去。

「子堃！」林洪哲跟鄭涵驚呼。

子堃跟著引善從崖上墜落，消失在他們的面前。

紫珊看得驚心動魄。

但是沒多久，只見消失的黑布慢慢升起，子堃拉著引善，安安穩穩的出現在黑布橋上。

「爹，娘……」引善一臉驚恐，臉色白得像紙。他奔了過來，抱住鄭涵。

「沒事就好，沒事就好。」鄭涵用力的抱住他，滿臉驚喜。

「你也太魯莽了，不是已經說了，只有秦始皇的後代才能去拿玉冊，你還這樣衝過去。」林洪哲看到兒子平安回來，又安慰又忍不住訓他。

「我……」引善受到驚嚇，一時說不出話來。

「子堃，謝謝你，謝謝你回來，謝謝你救了引善。」鄭涵看著站在黑布橋上的子堃說。她的臉上滿是感激、感動，還有溫情。

子堃瘦小的身體在布橋上穩穩站著，晶亮的眼睛看著他們。「我說我不原諒您讓我跟我親娘分離，所以我離開，讓您也感受失去親人的痛苦。但是我感激您照養我十幾年，教我習法，待我如親生兒子，所以我回來，繼續報答您的恩情。」

他轉過頭看著引善，「只是沒想到這個笨蛋居然就這樣走上布橋，當然會馬上掉下去，害我來不及證實自己是秦始皇的後代，怕高怕得要死，也硬著頭皮跟著跳下去。還好這個布橋眞的接住了我，不然師父一下子就死了兩個兒子。」

他翻著白眼，不過嘴角帶著笑。

鄭涵聽到他自稱「兒子」，臉上也有更多的親愛柔和。

「誰叫你跑掉讓爹娘好傷心？」引善做個鬼臉，「我只想激勵一下士氣，沒想那麼多。好啦，謝謝你救命大恩。」

「子堃，你願意回來太好了。所以你能帶我們一起去找玉冊嗎？」林洪哲問。

子堃收起笑容，搖搖頭，林洪哲跟鄭涵臉色微變。

「喂，你……」引善焦急起來，子堃舉起手阻止他。

「不是我不願意，剛剛我下墜時，腳底碰上這布橋，我感到腳下有股力量傳上來，這布橋接住了我和引善，把我們提了上來，同時我也感應到一個聲音，它說它知道我是秦始皇的後代，只有我能站上這布橋而不垮下去，不過它只能容許我多帶一個人走過這個深淵。」子堃說。

鄭涵跟林洪哲對望一眼。

「我跟他去，是我要找玉冊的。」林洪哲首先說。

「但只有我的玉簪才能聽到玉聲。」鄭涵說。

「我要跟子堃去！他剛剛救我的命，我要去幫他。」引善也加入爭取。

林洪哲看看大家，想了想，「既然是子堃領頭，那就讓他選擇好了。」

鄭涵還想抗議，但是被林洪哲搖手阻止。

三人熱切的看著子堃，紫珊也好奇的看著他。

子堃來來回回看著三人，沉思一會兒，最後來到引善面前，朗聲的說：「我帶引善跟我去。」

「好兄弟。」引善開心的搥了一下他的肩膀。子堃臉上也綻開笑容。

林洪哲點點頭，鄭涵則是滿臉失望，可是她還是深吸一口氣，打起精神叮囑：「好，你們兩個去，一切小心。」

她從頭上拿下朱雀玉簪，放到引善的手裡。

「這東西你們帶著。朱雀玉簪跟著我許多年，上面有著強大的法力，但是它一向只聽我的使喚，現在一時三刻很難讓你們完全駕馭它，不過我會在上面施點小法，讓玉簪保護你們。」鄭涵說完，手指一彈，一道細碎的橘光灑上朱雀玉簪。

「你們倆跟在我們身邊很長一段時間，有一定的功力，藉此機會磨練一下，多加小心就是。」林洪哲看著兩人，「引善，你個性善良，但是容易衝動；子堃，你聰明機靈，但是行事偏激不定，這些優缺點，自己要記著，遇事三思。」

兩人點點頭。

「謝謝師父師爹。」子堃說。

「爹，娘，我們走了。」引善對著他們揮手。

紫珊想著，眞可惜她不能跟著去，她也想知道這兩個人有沒有拿到玉冊。才正這麼想時，卻發現自己也踏上黑布橋，她轉頭看，鄭涵跟林洪哲離她越來越遠。她才意識到她看到這些過去的法力是來自朱雀玉簪，現在玉簪在引善身上，所以她可以跟著這兩個男孩往前走。

黑布鋪架在空中，不過看兩個男孩踩踏的樣子，似乎並不柔軟有彈性，反倒像是一道黑色的石橋一樣平穩堅固，不過橋的兩側還是深淵，完全看不見底。

她看著四周，心裡暗求引善可不要掉下去啊，不然她也要跟著經歷墜入深谷的體驗。

「這要走多久啊，實在好恐怖！」子堃非常小心的走在橋的正中間，眼睛只盯著前方三步遠的距離，一點也不敢看向四周。這對他來講眞是折磨，他忍不住抱怨。

「前面還有一段呢，目前看不到盡頭。這裡好暗啊！不知道會不會有鬼？」引善四處張望，他也有害怕的東西。

「你怕鬼還跟我來？」子堃嘲笑他。

「你怕高，我要保護你啊！」引善嘲笑回去。

兩人一路鬥嘴相伴，也是一種互相支持。

「你看！」引善驚呼，子堃先停下腳步，小心的抬起頭。紫珊也看到了。

黑布橋的盡頭是另一個懸崖邊，他們踏上懸崖，眼前這個陡峭直上的石壁上有一扇門，門扉看起來是木製的，上面的黑漆居然歷經千年還是完整無瑕，光亮如新，沒有一絲斑駁。

引善正想去推門，半途卻停住手，「你是秦始皇的後代，說不定要你親自開門。」

「不錯嘛，這次不衝動了。」子堃笑了笑。他走上前，仔細的看著門。門上有銅製的門環，門環的底座是獸頭，看起來像隻獅子。

「或許我應該先敲門。」子堃歪著頭思考。

「不用吧，幾百年過去，裡面就算有人也都死了。」引善說，他忽然面露驚色，「難不成，裡面有鬼魂？」

子堃不理他，朝門環伸出手，拉起圓環咚咚咚敲門。

他敲了三下，沒有動靜，正要去推門時，黑色大木門無聲的向內打開。

「這……這是有鬼嗎？」引善低聲驚呼，躲到子堃的身後。

「這是法力！」子堃揣著引善往裡面走去。紫珊也跟著進去。

裡面是一個非常寬敞的大廳，中間放著一個石製矮桌，沿著矮桌邊有兩張席子，屋裡的陳設都是石子做的。

「這些東西看起來好古老喔！」引善說。

「我記得師父說過，以前人都是席地而坐，到我們大唐才盛行椅子。」子堃說。

「還好我不是生在那個年代，這種方式我一定坐不習慣。」引善做個鬼臉。

「我也覺得很奇怪，這樣坐舒服嗎?古人眞難理解。」子堃附和。

紫珊聽兩個唐朝古人在評論秦朝古人，忍不住覺得好笑。怎麼樣的東西叫古老，看來不是絕對值，而是比較級，就像有一天她用的最新手機也會變成古董。

兩個男孩四處查探，發現除了前面的大廳外，旁邊還有兩個房間。剛開始引善有點害怕，一直緊跟在子堃後面，不過這裡除了一些家具和陪葬器物外，什麼也沒有。引善的膽子大了些，兩個人好奇的東看西看。

「感覺好像有人在這裡住過，」子堃說，「這裡生活用具一應俱全，左邊這個房間有被褥枕頭，右邊像是書房，裡面都是筆硯書簡。」

「我也覺得，」引善點點頭，「看起來好像有兩個人，你看杯子、碗盤、筷子，都是兩兩成對的。」

「到底是誰待過這裡？後來去哪了？」子堃歪著頭問。

「還有爹娘找的玉冊，我在書房上上下下找了一回，都沒看到。」引善說。

「不然我們喚出朱雀，看看有沒有什麼指示。」子堃提議。

引善點點頭，拿出鄭涵交給他的玉簪，對著玉器施法，只見朱雀現身，先在他們的頭上徘徊，然後朝著前廳飛去。

朱雀在大廳中繞了兩圈，接著停在石製矮桌上方，之後消失蹤影。

「難道，在這個桌子的下面？」引善說著來到桌前，跪坐在席子上，彎下腰往桌底看去。

「什麼也沒有啊。」引善失望的說。

子堃眉頭微皺，也坐到席子上，他兩手隨意的搭上桌子邊緣，只見他臉色一變。

「引善你看，這桌上出現文字！」子堃驚呼。

「在哪？」引善瞪大眼睛，抬頭，低頭，歪頭，試著用不同角度去看。「我什麼也沒看到啊！」

紫珊也看不到任何文字。看來，又是一個秦始皇後代才能啓動的法力。

「上面寫什麼？有沒有提到玉冊？」引善問。

子堃仔細讀了好一會兒才說：「寫下這些的人是徐福的大弟子周麟。周麟說，他在宮中教導季嫚公主煉丹養身，兩人日久生情。但是兩人身分地位不同，不能正式婚配，只能私下來往，後來生了一個女兒。

「公主有私生女，這種事當然不被允許，所以周麟偷偷把女兒帶出宮外，讓人帶她離開京城。當他回到宮裡時發現宮內政變，秦始皇駕崩，胡亥繼位，下令活埋秦始皇其他的子女和後代，季嫚公主也是其中之一。

「周麟說，胡亥其實不是秦始皇的親生兒子，是他的一個妃子跟大臣私通所生。這個祕密連秦始皇都不知道，季嫚公主是少數知道眞相的人。這也就是爲什麼胡亥繼位後便殘殺手足，因爲他害怕自己不是皇子的身分被揭發，也不容其他秦始皇的後代存在。但是他不知道，周麟已經把女兒送出宮了。

「周麟悄悄找到季嫚公主的墓穴，發現她還有一絲氣息，但是此時陵墓已被法力封鎖，他不願拋下公主自己逃出，所以用法力在棺槨下挖出地道，設置了這個地方，把陪葬品都帶了下來。他同時也挖出另一條地道，通到陵墓的另一側，但是他不想讓公主再回地面，所以兩人就長居在墓底。」

「居然把公主囚禁在地底，看來他是一位個性偏激的怪人。」引善吐吐舌頭。

子堃聳聳肩繼續說下去：「後來他把玉冊帶進陵墓，講了一大段跟兩位師弟的恩怨情仇，說自己多優秀，法力多高，可是他師父卻不把全部的玉冊交給他這個大徒弟，居然還要跟另外兩位師弟均分。現在，他跟公主的性命來到最後，他用最後的力氣，以法力設下機關，期望他的後代可以找到玉冊，然後去找齊另外兩份玉冊。」

「是這樣啊，可是你不是他的後代啊！」引善說。

「剛才師父說，我的爹爹是秦始皇的兒子，所以這位公主算是我姑姑，雖然我不是她的孩子，但是身上也有著秦始皇的血統。周麟狂妄的以爲他的女兒是秦始皇唯一僅存的後代，設了法力限制，要求秦始皇的後代才能進來，也就是他的後代才能進來拿玉冊。因此，我才陰錯陽差的通過他設下的屛障來到這裡。」子堃說。

「那他有沒有說後來那個女孩怎麼了？爲什麼沒有帶來這裡？」引善好奇的問。

「沒寫那麼詳細，可能沒法聯繫上帶她遠走的人。」子堃說。

「那他有說玉冊到底在哪嗎？」引善滿臉期待的看著子堃。

「有。」

「眞的？在哪！」引善兩眼發亮。

子堃看了他一眼，「在這個石桌下。我們兩個合力把桌子搬開。」

「就這樣？這麼簡單？」引善帶著懷疑。

「是啊！」子堃點點頭，「這桌子很重，難怪他要我帶一個人跟我一起過來。」

「好吧，來吧！」引善來到桌子的另一頭，手伸到桌面下。

「我數到三，一起用力。」子堃說，「一……二……」

他的三還沒唸出來，只見引善頭一歪，身體向一旁倒去。

紫珊大吃一驚，不知道他發生什麼事，看起來像是昏過去了。她望向子堃，子堃卻沒有吃驚的樣子，她馬上意會到，這是子堃搞的鬼。

10

紫珊很緊張，想阻止子堃加害引善，可是她什麼也沒辦法做，只能眼睜睜看著子堃靠近引善。

子堃來到引善的身邊端詳著他，臉上沒有表情，看不出他在想什麼。只聽子堃深呼吸，嘆了一口氣，接著把引善扶起來，讓他躺在石桌上。這時，石桌冒出一團黑色霧氣，緩緩向上升起，像一片雲般，把引善托在空中。

子堃右手揚起，對著左手掌心一揮，掌心頓時被劃開，出現一道血痕。他沿著桌邊走，在桌子的四個角落上按上血印。

血碰上石桌立刻被吸了進去，鮮紅的液體居然消失不見，化成千萬條血絲，細細長長，從四個角落順著桌面擴散，蔓延，迅速布滿整張石桌。本來灰撲撲的石製矮桌，在血紅細絲穿透後，顏色開始變淺，從深灰、淺灰、淡灰，到灰白、淺白、淡白，然後變成一大塊的純白，血紅細絲也不見了。

紫珊正覺得這好像一大塊白玉時，桌子開始縮小，越來越扁，越來越窄，而空中的引善位置維持不變，依然懸空躺在黑霧雲上方。

慢慢的，石桌已經沒有桌子的型態，紫珊看到，地上是五根細長的玉條。此時，懸在空中的引善醒了過來。

「子堃你在哪？發生什麼事？為什麼我全身不能動？」引善緊張的喊著。

「我在這。」子堃的聲音平靜。引善的頭也不能轉動，只能斜過眼睛去看子堃。

「太好了，你沒事。子堃救我！我不能動！我全身好痛！」他的聲音透露著害怕。

「引善，其實，我剛才沒有完全跟你說實話。」子堃淡淡的說。

「什麼意思？」引善皺著眉頭，語氣顫抖。

「石桌上的文字，除了我跟你說的部分，其實還有其他的內容。」子堃走上前，歪著頭看著引善，「周麟跟公主的那段是事實，不過關於玉冊的部分，他告訴我，他把玉冊用法力封在石桌內。當年他從公主的墓挖出地道，來到這個深邃地洞，爲了跟秦陵隔絕，不被人找到，他用法力設置了這個地方，讓房間懸空於地洞之中。他在死前把最後的法力灌注在玉冊上，封在石桌內，讓這股力量繼續支撐這個地洞。

「你說的沒錯，這周麟是個怪人。他在文字中說，他期望他的後人拿到玉冊，這個人除了要血統正確，身懷法力，還要有魄力，手段要夠狠，拿到玉冊後，還要再去找其他兩份玉冊。如果這個人做不到，他寧可玉冊永遠鎮鎖在這裡，也不要隨便流傳在外，落在平庸的人手中。

「所以他設計這個機關，用法力將玉冊封入石桌，然後把石桌鎮在這裡，只有他的後人可以拿取，但是玉冊被拿走後，要有另一個力量代替玉冊，不然整個地洞便會崩毀消失，這就是他要我帶另一個人來這裡的眞正原因，要測試我是不是眞的符合他心中的理想人選。」

紫珊聽懂他的意思後，瞬間毛骨悚然，原來周麟希望找到一個心狠手辣的人，這人為了玉冊可以犧牲自己的夥伴。

他停頓一下，繼續說下去：「現在，玉冊已經出現了，就在你身下，只有我才能拿出來，等我把玉冊拿出來，你就會代替玉冊的位置，鎮守在這個地洞裡。」

「不！」引善絕望的大喊：「不要留我在這裡，你這個忘恩負義的王八蛋，要不是我爹娘收養你，你早就被殺了！放我下來！」

子堃不再說話，他彎下腰，恭恭敬敬的跪在地上，然後從引善的身下拿出五簡玉冊。只見玉冊本來的位置底下出現一個黑色的大洞，浮在空中的黑色霧雲彷彿被黑洞吸引一般，開始向下緩緩移動。

「我拿到玉冊了。」子堃的口氣沒有一絲欣喜，平靜中帶著壓抑。

「放我下來！你這個混帳東西！」恐懼讓引善破口大罵。

此時整個房間晃了一下，引善身下的黑洞邊緣開始剝落，開口變得寬了一些。

「你看到了，拿走玉冊後，如果沒有把你留下來，這裡會崩塌的。」子堃看著手上的玉冊，兩眼閃過一絲寒意。

「不！不！不要留我在這裡。」引善大喊，整個房間又用力晃了一下，地上的黑洞開口變得更大了，黑色霧雲帶著引善往下移了好幾寸。

紫珊看得好緊張，她知道，引善將要取代玉冊的位置，鎮住黑色洞口，就等子堃下手施法。

子堃看了四周一眼，後退兩步。

他忽然蹲下，小心的把玉冊放在地上，接著又站起身，臉上有種複雜的表情，有種不忍的決絕。

紫珊猜不透他想做什麼。

子堃看著引善，深呼吸，伸出右手一揚，躺在黑色霧雲上的引善忽然摔了下來。

「哎喲，好痛！啊，我可以動了。」引善滿臉驚喜，趕快站了起來，他抬頭一看，又是一陣驚訝。「喂！子堃！你在幹麼？」

原來，引善落地的同時，子堃迅速的躍上黑色霧雲，盤腿端坐在上面。

「我幫你拿到玉冊了。」子堃臉上帶著做出重大決定後的平靜，「你不是秦始皇的後人，也不是周麟的後人，不能拿，所以我想出這個方法。等我拿到玉冊，然後跟你交換，你就可以拿著玉冊離開。這個周麟以為每個人都會跟他一樣不擇手段，可是他想錯了，我偏不照他的意思做。師父說的沒錯，我的想法就是跟別人不一樣。周麟希望我做的事，我偏不做！」

「子堃！你下來！你不可以幫我做這樣的決定，我們不要玉冊了，我們一起離開。」引善氣急敗壞的說。

子堃不理會他，繼續說：「師父要的玉冊在地上，周麟已經設好機關，玉冊被移走後，就要用一個人的精氣來頂替。還有，你不能從原路回去了，不然你就會再次掉下懸崖。不過周麟另外挖了一個地道通到外面，用來運送糧食物資，就在書房櫃子後面。以你的法力，加上玉簪，一定可以找到。師父師爹救我、養我，請幫我跟他們說，原諒弟子不孝，不能在身邊服侍他們了。不過我幫你拿到玉冊，他們一定會很開心。」

「你這個自作主張的王八蛋，他們才不會開心。」看著黑色的霧雲慢慢包圍子堃，引善又急又氣。

黑色霧雲往下降，快要碰到地上的黑洞，霧氣也上升，整個包圍子堃的身體，沿著肩膀、脖子，往頭上蔓延。

引善又咒罵好幾聲，從地上拿起玉冊放進懷裡收好，同時拿出玉簪，學鄭涵那樣喚出朱雀。引善雙手揮動，想指引朱雀去救子堃，可是朱雀只是在空中盤旋，似乎一時無法完全聽從指令。

「去救子堃啊！」引善大喊，滿頭大汗的施法，朱雀又繞了兩圈，才往子堃飛去。

黑霧雲此時整個包圍住子堃，幾乎看不到他的面貌了。

朱雀鳴叫一聲，長尾掃出，點點星火射向黑霧雲，消融了一大半黑氣。

「你在幹麼！快帶著玉冊走啊！」子堃皺眉喊著。

「我要帶著你離開！」引善嚷著。

「我必須要鎮著這個黑地洞，不然這個地方毀了，我們倆誰也走不了。」子堃說完，揮動雙手，黑色霧氣再度升起。

「你這固執的傢伙！」引善也不放棄，他催動朱雀，射出更多的星火，牠同時在子堃身旁繞轉飛翔，長長漂亮的尾巴左掃右掃，慢慢的，黑霧雲終於消失，朱雀揮動長尾，捲起子堃，把他帶離黑地洞，來到引善面前。

「子堃，我們不……」引善話還沒說完，只見整個房間天搖地動，一陣巨石墜落，他們來時的入口完全被堵住。

「這裡要崩塌了！」子堃說完，地上的黑洞往下崩落，像個巨大的嘴巴吞噬著周遭。

「快走！」引善驚恐喊著。兩人同時有默契的喚出自己的朱雀，一大兩小，三隻朱雀幫他們抵擋落石的攻擊。

「去書房！」子堃躲過另一個落石，率先衝向書房，引善緊跟在後。

他們才踏進書房，後面又一聲轟隆巨響，下一秒書房門口都被石頭擋住了，書房裡面也是搖晃不停，落石不斷，書架上的東西紛紛落地。

兩個人左閃右閃，來到書架前，有默契的一起施法將書架移開，露出後面的石牆。

「這裡沒有出口啊！」引善失望的說。

子堃一手拉住引善，一手向前按住石牆，如他所料，石牆開始出現裂縫，然後整面牆消失，眼前出現一條地道。

只是他們才準備跨出一步，腳下瞬間一空，地面突然崩落了，周圍的書房、臥房、前廳全部消失成一個又黑又深的大地洞。兩人腳無憑物，同時下墜。

紫珊看得驚心動魄，嚇得閉上眼睛，不忍看下去。

「啊——」只聽兩人尖叫著，然後聲音停止。紫珊睜開眼睛。

只見子堃一手抓著引善，另一手抓著鄭涵朱雀的尾羽，朱雀振動翅膀，懸在空中，另外兩隻朱雀在引善的腳下，一鳥一腳，用背頂著下墜的力量，他們才沒跌得粉身碎骨。

「我現在無法騰出手，你快指示朱雀帶我們上去。快！」子堃催促著。

引善用空出的手，對著牠們一揚，三隻朱雀往上飛，帶著他們來到地道口，兩人趕快爬進去。

「天啊！好驚險啊！」引善大口喘著氣。

「不能停，你看！」子堃指著剛才進來的洞口，紫珊也看到了，洞頂的土石也在崩塌。

「啊！快走！」引善趕快站起身。

兩個人在地道裡往前狂奔，身後的石頭像是大雨一般狂落，朱雀的法力保護著他們不被擊中。

地道地面不平，高高低低的，不過可以感覺到地勢在往上升。

「你看上面透著光！」引善指著前方。

原來他們已經上升到接近地面了，光線從地表的縫隙中射進地道。

這裡都是大石頭，他們手腳並用，攀著大石，循著光，終於離開地底世界，回到地面！

只聽見轟轟巨響，那個崩塌的力量一路驅使著他們，這時一陣煙塵揚起，地洞口瞬間被掉下來的土石填滿。

「咳，我們這次真的安全了吧？」引善手揮著煙塵說。

「應該是。」子堃喘著氣看著四方。

「太好了！我們拿到玉冊，又逃出來了！」引善開心的說。

子堃瞪了他一眼，「你也太魯莽了，叫你帶著玉冊快走，你居然要救我，差點讓我們倆都被大石活埋了！」

「可是我們都沒事啊！總要賭一下，你看魯莽也有魯莽的好處，你啊，就是想太多，還想要犧牲自己咧。」引善也給他一個白眼。

「我不想變成我爹那樣……」子堃小聲的說，語氣有點難過不安。

「不會啦！你身上雖然有你爹娘的血液，但是你跟我們才是家人，我們一起長大，你跟我們比較像啦！」引善拍著他的肩膀說。

子堃臉上的表情放鬆了些，露出微笑。

「現在怎麼辦？」引善問。

「回去找師父他們。只是，我們不能從原路回去了。」子堃說。

「不知道那個地洞崩塌，有沒有影響到爹娘？娘的玉簪在我們手上，法力肯定受到影響，希望他們沒事。」引善皺著眉。

「放心啦，師爹法力也很強的。」子堃安慰他，「他們不會知道我們在這，我們要想辦法回到墓穴的入口。」

「朱雀應該可以爲我們指引方向。」引善說，他對著朱雀施法，朱雀在空中盤旋，然後朝著北方飛去。「我們跟上去。」

11

兩人跟著朱雀往北走，一路上雜草叢生，灌木林立，一般人走起來可能寸步難行，但是他們有法力護身，一路走來倒也沒太波折。

忽然，前方的朱雀飛了回來，在他們的頭上鳴叫，好像在示警。

「朱雀要我們停在這裡。」引善低聲說，「看來前方有動靜。」

就在這時候，一個粗壯的年輕男子出現在他們的面前。

紫珊看見他身穿灰服，跟之前灰袍人的打扮差不多，但是他的衣裝明顯華麗許多。

「看你們小小年紀，反應不錯嘛！居然懂得避開我設的僵骨粉。連你爹娘都沒躲過呢！」男子輕蔑笑著，精銳的眼光毫無善意。

「武盛！你對我爹娘怎麼了？」引善焦急的大喊。

「你要做什麼？」子堃冷冷的問。

紫珊想起來了，這個武盛就是另一派玉冊持有人，王億的小兒子。

武盛冷笑一下，手一揮，身後的長草灌木消失，兩個人影出現，正是鄭涵和林洪哲。兩人跪坐在地，眼睛緊閉，前額像是瘀青一樣發黑。

「爹！娘！你快放開他們！」引善著急的要衝上前去，子堃拉住他。

「他們救過你的命，你為什麼要這樣做？」子堃問。

「就是因爲感念他們的救命之恩，所以我才饒他們一命啊！」武盛虛情假意的說。他走到兩人身旁，同時在肩膀一拂，兩人睜開了眼睛，當他們看到兩個孩子，眼神流露出驚訝害怕，但是卻不能言語，也沒有動彈。

「放開他們！」引善大喊，子堃緊緊抓住他。

「我娘愚庸，我爹死後，居然想把玉冊留給我哥，我可是她最疼的小兒子！我哥爲了怕我搶奪玉冊，對我下毒手，要不是我那八名得力手下被林洪哲弄得失去法力，又一直無法訓練出新人，我也不會被我哥害得身受重傷，這筆帳，我怎麼能不跟林洪哲算？」

他說著狠狠的瞪林洪哲一眼。

「我還沒來得及找我哥報仇，我娘就宣告她把玉冊留給林洪哲，杜絕手足爭鬥之事。我當時勉強撿回一命，沒來得及阻止，只能眼睜睜的看著外人拿走玉冊。

「後來我想到，你們拿到兩份玉冊，一定會來這裡找最後一份，我也不急著出手搶，就守在這裡幾個月，果然看到你們進去陵墓，我在入口等待，同時在四周撒下僵骨粉，只要吸入幾口，就會全身僵硬額前發黑。誰料這時忽然一個大地震，就看到林洪哲跟鄭涵神色慌張的跑出來，他們果然中了僵骨粉，無法動彈。

「不過我只在他們身上搜出兩份玉冊，而且不見你們兩個小鬼，我估計他們派你們去拿最後一份玉冊，卻不知怎樣走散了，但你們一定會回來尋他們，果然在這裡等到你們了。玉冊呢？」

「放開我爹娘！」引善喊著。

「你把最後一份玉冊交出來，我就放了他們！」武盛微笑的說。

「別想！你把兩份玉冊還我，把我爹娘放了！」引善大吼。

「你果然拿到了最後一份玉冊！」武盛露出貪婪的眼神冷笑著。

「我沒有！我不知道你在說什麼！」引善漲紅著臉否認。

「你不交出來，我就把他們兩個殺了，然後再來對付你，這樣多費事啊！你還是乖乖聽話，保住你爹娘的性命比較要緊啊！」武盛說著，對著兩人一揮手，只見鄭涵和林洪哲滿頭大汗，眼色痛楚，看來武盛施了法在折磨人。

「引善，我們還是把玉冊拿出來吧，救人比較重要。」一直不說話的子堃冷靜開口。

引善轉過頭，不可置信的看著他。

「還是子堃懂事。」武盛說。

「如果我們給你玉冊，你真的會放人嗎？」子堃臉色誠懇，客氣的問。

「當然，我要的是玉冊，殺人對我沒好處啊！」武盛說。

「子堃！你不能相信他的話！玉冊不能給他！」引善焦急的對著他喊。

子堃皺著眉頭面對他，「師父師爹對我有救命之恩，我不能看他們被折磨至死啊，你不能這麼自私，只顧玉冊。」

「你在胡說什麼！他們可是我爹娘！我怎麼可能為了玉冊不要他們？」引善漲紅著臉說，「你頭腦壞了嗎？這人無賴你又不是不知道，他拿了玉冊也不會放了他們的。」

子堃嘆了一口氣，「那就怪不了我了。」

引善滿臉警戒，「你這是什麼意思！」

子堃雙眼盯著引善說：「我們從小一起長大，比親兄弟還親。每天一起吃飯練功，一起調皮惹事。你記不記得，有一次，我們又惹師父生氣，她那次氣得罰我們兩天不能吃飯，七天不能見面。那七天眞是久啊！之後我們見到對方，特別高興。唉，多美好的記憶啊！」

「是啊，我們感情這麼好……」引善低著頭沉思，似乎也在回憶那段往事。

只見引善感嘆的話還沒說完，子堃的手揚起，對著引善施法，引善頭一歪便倒了下去。

紫珊大吃一驚，剛才在地洞下，子堃就是這樣毫無預警的攻擊引善。可怕的是，這次紫珊看到引善不僅全身癱軟，他的眼睛、鼻子、嘴巴都流出血來。

子堃殺了引善！

紫珊嚇得全身發抖。

12

「想不到你眞的殺了他！」武盛嘴裡這麼說，還是走了過去，探探引善的鼻息，然後點點頭，「好！有魄力。」

「誰叫他不識時務。我們一起長大，可是每次都是他搶功勞，得到師父最多的關愛，我找到玉冊，卻被他拿去，我再也受不了他了。」子堃冷冷的說，「我知道他把玉冊藏在哪裡，我去拿給你。」

他走到引善身邊，彎下腰，在他的懷裡摸索一陣，拿出玉冊。

武盛露出貪婪的眼神，「子堃啊，你反應快，心狠手辣，日後必成大器。」然後對子堃伸出手。

「等等，我把玉冊給你，有什麼好處？」子堃問，拿著玉冊後退一步。

「不錯，懂得討價還價。這三份玉冊再度相逢，上面的祕密我們一起共享。」武盛說。

「好，那你也把從我師爹那裡得到的兩份拿出來，我們一起看，這樣才公平。」子堃提出條件。

武盛瞇起眼，想了一下，「好。」

他從懷裡掏出一個布包，走上前。

「讓我看看。」子堃說。

武盛小心的打開包袱，裡面的確是林洪哲一直收藏的兩份玉冊。

武盛手捧著玉冊，來到子堃面前。

「沒錯。」子堃話才說完，武盛忽然面露驚嚇，手一鬆，玉冊往下墜。

子堃動作快，馬上接住玉冊，而武盛整個人往一旁栽了下去。

紫珊看到武盛身後有一個人站起來，是引善！他用手抹抹臉上的血，嘴角帶著微笑，原來他沒死。

武盛還沒完全倒在地上，馬上又躍起身，看來他的功力也不弱，雖然被引善背後偷襲，但是並沒有一擊就倒。他喚出灰龍，同時朝著子堃抓去，想奪回玉冊。

子堃似乎早預料到引善的動作，他把玉冊收進懷裡，同時取出玉簪，動作迅速的喚出朱雀。原來，他剛才從引善懷裡拿到玉冊時，也趁機拿走朱雀玉簪。

「快去打這個壞蛋！」引善看到朱雀出現，大聲嚷著。

朱雀遵循指令，朝著灰龍噴出星火，阻擋牠對子堃的攻擊。

子堃在前，引善在後，兩人合作無間對付武盛，朱雀在上方跟灰龍纏鬥。

武盛的功力本來在兩人之上，但是他以爲引善死了，完全沒有戒心，從後面遭到全力攻擊，功力大損，而且還不愼失去玉冊，令他氣急攻心，浮躁混亂，跟他們對打幾回合後，慢慢落了下風。

至於引善和子堃這方則是兩人一鳥，越打越順手，加上兩人之間的默契，武盛被逼得全身冒汗，臉色慘白。

引善對著朱雀一揮手，只見朱雀將一條長尾落下，對著武盛飄去。這羽毛看似輕盈，武盛卻怎麼也躲不過，只見細細長長的尾羽像是一條繩子，捆住武盛，越勒越緊，兩個人再對著他施法，灰龍慢慢縮小、消失，武盛終於撐不住，倒坐在地上。

「放開我！」武盛氣得大吼，「奸險小人，背後偷襲。」

「閉嘴！剛才我一時失手，沒殺死引善，說不定你運氣比較好，這次會讓你眞死喔！」子堃用力踢他一腳，同時揚起手，作勢要施法。武盛只能閉上嘴，瞪著他。

引善抓著子堃的手，阻止他，「爹爹不會喜歡我們殺人，饒了他。」

「好吧，那你先把僵骨粉的解藥交出來。」子堃說。

武盛冷哼一聲，不理他。

「我聽師爹說過僵骨粉，這東西會讓人全身不能動彈，無法言語，如果時間拖得太久而得不到解藥，會傷及內臟，整個五臟筋脈都會僵硬凝固而死。聽起來很可怕，但也不是完全沒有辦法，除了解藥外，如果施法之人死了，法力也會消失，本來想聽引善的話饒你一命，可是我也想救師父師爹，看來非殺你不可了。」子堃口氣堅定，再度舉起手，這次引善也舉起手準備施法。

「等一等，好，我可以給解藥，但是你們要保證不殺我！」武盛哀求著。

「我們想救人，不想殺人，不然的話殺了你就好，不是嗎？還需要跟你討價還價拿解藥做什麼？」引善說。

「好，」武盛點點頭，「在我左邊袖口裡有個暗袋，打開後裡面藏著幾顆小藥丸，讓他們各服下一顆，馬上見效。」

引善走上前，摸索武盛的左邊袖口，果然有幾顆看起來不起眼的黑色小藥丸。他跟子堃兩人各拿一個，引善正準備拿去給爹娘時，子堃阻止了他。

「等等，我們怎麼知道他給的是眞的解藥，還是致命毒藥。」子堃眉毛挑起，懷疑的看著武盛。

「當然是解藥！」武盛焦急的說。

子堃沒有理會，他上前查看鄭涵二人的四周，果然看到地上有細細的白色粉末，那就是僵骨粉。

子堃自己先閉氣，接著對著引善大喊：「閉氣！」，然後手一揮，這些粉末便朝著武盛的鼻孔奔去，武盛閉住氣，不肯吸入。子堃走過去，雙手捏著武盛的雙頰，逼他張開嘴，這些僵骨粉全數進到他嘴裡，子堃合上他的下顎，逼他吞下去。

沒多久，他開始全身僵硬，前額也慢慢變黑，就像鄭涵和林洪哲那樣。

「所以，你剛剛說，這兩個黑色藥丸是解藥？」子堃捏著藥丸在他眼前晃，「那我先試試看能不能解你的毒。」

他說完，拿著藥靠近武盛嘴邊，只見武盛頭冒冷汗，滿臉驚恐，嘴脣緊閉。

「好啊，原來這兩顆不是解藥！」引善驚呼。

「眞正的解藥在哪？」子堃厲聲問。

武盛此時已經全身僵硬，無法動彈，不能言語，但是可以看到他用眼神用力盯著自己的右手。

「原來在右手啊，剛剛怎麼弄錯邊了呢？」子堃冷冷的哼了一聲。

引善走上前，果然在武盛右手的袖口暗袋找到另外幾顆白色藥丸。子堃仔細觀察武盛的神情，確定這次是真的。

子堃對引善點點頭，「看來這些白色藥丸才是解藥，既然武盛兄這麼有誠意，那就讓他先服了。」

引善拿了其中一顆，塞進武盛的嘴裡，這次他沒抗拒，很快吞下去。沒多久，他臉色恢復正常，全身筋骨也不再僵硬。

「你這個無賴下三濫……」武盛解毒後破口大罵。

引善看到他精神很好，確定解藥沒問題，立刻拿著另外兩顆給爹娘服下。

「等我師父師爹都沒事了，我們就會放你走。」子堃說。

不久，兩人手腳能動，全身無礙，終於站了起來。

「子堃，引善，你們倆沒事就好！」鄭涵簡短的說，但是可以感覺語氣中流露滿滿的不捨與關愛，還有安心。

「他怎麼辦？」引善低聲問。

「放開我！」武盛不耐煩喊著，「你們說好要放我走的！」

「你也說好要給解藥的，還不是給了假藥？」子堃頂了回去。

林洪哲想了一下，看著他，「方才地洞突然崩塌，我們慌慌張張逃出來，鄭涵的玉器又不在身邊，一出墓穴，就著了你的僵骨粉。還好孩子們平安出現，救了我們。我們答應放你生路，你可以不用擔心。」

武盛看他走近，不敢再罵，表情緊張，但是全身仍被朱雀的尾羽束縛無法動彈，非常無奈。

林洪哲拿出一顆藥丸，紫珊現在認得，那就是清心丸。他餵武盛吃下，同時在他的肩膀點了幾個穴道，武盛便昏了過去。

子堃和引善把玉簪還給鄭涵。鄭涵施法，縛在武盛身上的長尾羽鬆開，回到朱雀身上。

「他性命可保，不過清醒後會失去武功跟法力。」林洪哲說。

「這種惡人，這樣的下場眞是便宜他了。」子堃哼了一聲，走過去想踢他一腳。鄭涵拉住了他。

「我們走吧！這種人不值得我們浪費氣力。」鄭涵高傲的看了武盛一眼。

四人離開了林子，來到一間小客棧，點了食物粗茶，飽食一頓之後，身心舒暢許多。

「對了，師父師爹，這裡是三份玉冊。」晚上回到房間後，子堃恭敬的從懷裡拿出十五簡玉冊，林洪哲接過去。引善跟子堃七嘴八舌的輪流把經過說給鄭涵跟林洪哲聽。

「我們從那個地道跑到地面上後，那個洞就在我們身後整個塌陷下去，轟隆一聲，好大聲啊！我們差一點就被活埋了。」引善說。

「之後我們就遇到武盛，眞的是一波未平，一波又起。」子堃補充。

「還好你們機智，救了我們，好樣的！」林洪哲拍拍他們的肩膀，開心的說，「引善哪學來的假死啊，嚇死我了。」

引善吐吐舌頭，「除了你們的教導，我跟子堃喜歡自己鑽研新的法力。其實都是一些沒什麼用處的小技倆，像是『無手無腳自束頭髮法』、『無聲無影放屁驅蟲法』、『無憑無據小物橫飛法』、『兩袖清空懸浮睡覺法』，還有『虛情假意非死非生法』。」

「那是什麼怪名稱啊？」林洪哲皺著眉頭，又忍不住好笑。

「這是我們用來試探旁人對你是不是眞心眞意的方法，看如果你死了，身邊的人會怎麼反應。那天練好後，我們興沖沖的找了師父，您當時出門採藥好幾個月，所以才沒看到。這個假死法，要施法的人才能解，剛剛我從引善那拿玉冊時，除了順便拿玉簪外，也幫他解了這個法力，不然他就死透了。」子堃笑笑，繼續說下去，「當時師父看到引善『死了』，嚇得魂都飛了，差點昏倒，我不忍心師父這麼傷心欲絕，趕快讓引善『回魂』。師父氣得罰我們不能吃飯、不能見對方，那是最重的一次責罰了。剛才還好引善聰明，有默契，知道我在說什麼，一起演了這齣戲。」

「想不到，當時的惡作劇，今天派上用場，救了大家。」鄭涵也忍不住笑出來。

「現在我們拿到這些玉冊，要怎麼辦？」子堃問。

「想不到我師父，師父的師父，整個門派花了許多精神在找的東西，現在都在我手上了。」林洪哲看著這十五簡玉冊，一臉感嘆，「我們要來好好研究一下。」

紫珊看到眼前景象一轉，來到一間屋子。

他們一家四口，圍著一張桌子，桌子上，三份玉冊整齊排列，這十五簡玉冊長度、厚度、寬度都一樣，每個人臉上的表情都很期待。

鄭涵跟林洪哲輪流對著玉冊施法。

「爲什麼什麼也看不到？」引善口氣微微失望。

「會不會是太久遠，法力消失了？」子堃說。

「應該不會，祖師父這個法力最大的目的，就是把訊息留給後代，可能是我力有未逮，不能找出其中的奧祕。」林洪哲說。

「會不會，我們放錯位置了？」鄭涵問。

「現在的排列，」林洪哲指著玉冊，「最左邊五簡是當年周麟拿到的，也是你們從墓裡拿出來的；中間五簡是林上石傳下來的；最右邊是唐印那份，傳到我師父手上，再傳給我的。」

「你按照的是徐福徒弟們長幼順序，說不定有別的順序。」鄭涵仔細看著玉冊。

「你之前可以聽到部分的玉聲，現在十五簡都到齊了，說不定可以聽到更多。」林洪哲猜測。

鄭涵喚出朱雀，朱雀在玉冊上方繞轉，每簡都去啄一下，紫珊聽見一陣低沉的嗡鳴聲，比起先前只有五簡玉冊時，可以聽出更多字句。

鄭涵唸出完整的句子：

「出海向東，行百里，折南行五百里，海中島現，岸礁藏石。」

「就這樣？」引善問，「爹不是說會出現地圖嗎？」

「雖然我的玉器可以聽到玉聲，但玉冊畢竟是你祖師父流傳給自家門人的東西，所以我想最終還是要用你的法力來破解玉冊的祕密。」鄭涵說。

「你們有沒有發現，這每一簡玉冊的一端，都有一道細細的刻痕？」子堃看著大家。

紫珊也看到了。每簡玉冊的刻痕位置不一樣，有的很靠近底端，有的距離遠些，大約一到五公釐之間。

「我剛剛就發現，以爲古代人技術差，打造出的玉冊有瑕疵。難道是故意的？」引善好奇的看著玉冊。

林洪哲再度看向這些玉冊，逐一拿起來，互相比對刻痕的位置，神情專注。

他把玉冊放回桌上，喚出藍龍，藍龍在每一簡玉冊上徘徊，尾巴掃過細刻痕，細刻痕瞬間發出紅色光芒，又迅速滅去。

林洪哲想了想，再度施法，他雙手輕巧的左揮右揚，本來平放在桌上，並排成長方形的玉冊，在法力催動下，每一簡玉冊開始移動，形成一個圓形。

紫珊沒想到可以這樣排列，此時玉冊看起來像是輻射狀的太陽，有細刻痕的那端玉冊沿著圓的中心互相連接，圍成一個小圓；而上頭的細刻痕則在小圓的外圍，環繞著圓心，形成一個不規則的圓形區域。

「你們看！」子堃驚呼。大家驚訝的發現，其中有兩簡相連的玉冊，上面的刻痕發出紅色光芒，而且這次沒有消失。

林洪哲再度施法，移動玉冊，讓發出光芒的兩簡保持不動，其他的交換位置。慢慢的，越來越多的玉冊被排列在對的位置上，越來越多的細刻痕發出紅色光芒。

在最後兩簡玉冊的位置對調後，環繞成一圈的紅色細刻痕一起發出強光，同時火焰燃起，把細刻痕以下的那截玉熔掉，輻射狀排列的玉冊，繞著中心圍成一個不規則的圓形區域。

「這是什麼意思？」引善問。

大家還沒來得及做任何猜測，不規則的那塊區域發出另一圈光芒。

「是地圖！」引善低喊。

紫珊也清楚的看到了，這一圈光芒好像現代的投影燈一樣，在空中顯現一幅圖像，上面有彎曲的線條，明顯看出是一份地圖。

「地圖可以印證從玉聲得知的句子，向東出海，然後在這裡轉南。」鄭涵手沿著地圖指，「這個應該就是徐福師伯提到的海中島了。」

紫珊順著她的手指，驚訝的發現，這座島的形狀跟位置跟臺灣很像。難道，當年徐福來到了臺灣？

「所以他們去了這座島。」林洪哲伸出食指，碰了碰影像中的海島，地圖上赫然出現一個黑色不規則的區域，上面還顯現兩個字：「闇石」。

「闇石？怎麼會在這？」子堃瞪大眼睛。

「我記得月升師父曾說，當年她制伏闇石後，怕它的力量危害人世，所以讓人把它帶走。看來，徐福師伯出海時，將它帶在身邊，然後來到這座海中島，闇石也留在這裡。」鄭涵說。

「所以，徐福當年費盡心思讓闇石遠離人世，但他來到海外後，卻再用法力將闇石的位置顯現給後人？」子堃說出自己的推測，這個論點，讓大家都沉默了。

「這的確跟我從師父那聽到的不一樣。」林洪哲皺著眉，「我師父是說，徐福祖師父希望後代弟子日後若有需要，可以依循玉冊上的訊息，去到海外仙島找他。很難想像，他其實是希望後人尋找到闇石的力量。」

鄭涵想了想，「闇石的力量非常強大且黑暗，是我們無法估計的。當年師父制伏了它，但是部分的力量還是進入她的身體，導致後來發生許多事，還有子堃的父親子洧，也是受到闇石的邪惡力量影響。

「徐福師伯帶著闇石出海，雖然它已經被月升師父封印，但是一定多少影響了他。

你們看，這些玉冊上由細刻痕所圍成的不規則圓形，跟地圖上顯示的闇石形狀一模一樣。我猜想，當徐福師伯透過法力，把他出海路線的訊息傳到玉冊上時，闇石的力量也悄悄來到玉冊上，希望有人去到這座海島，把它挖出來。」

「這個推測，非常有可能。」林洪哲點點頭，語氣佩服。

「那現在怎麼辦？」子堃問，「我們要去找闇石嗎？」

「當然不要啊，這麼可怕的東西，躲都來不及！還是你跟你爹一樣，想要闇石的力量？」引善瞪了他一眼。

「你講到哪去了？我是想說，師爹承襲師命，要找到玉冊和去海外仙山，所以才問我們是不是要去一趟？」子堃漲紅著臉說。

「現在開元年間，聖上英明，人民安康，沒有出海避禍的需要，」林洪哲正色說，「更何況現在我們知道闇石在那裡，更是萬萬不可靠近。」

「那，這些玉冊怎麼辦？」子堃問。

「徐福祖師父留下這些玉冊，本意是好，但是三名弟子各懷鬼胎，導致三個門派後人爭奪殘殺，甚至同門兄弟互相傷害，玉冊暗藏闇石所在，更是令人擔憂。如果此物落入歹人手裡，後果不堪設想。今後這玉冊何去何從，需要從長計議，有個妥善的安排。」林洪哲說。

子堃和引善同時點頭。

13

紫珊發現自己身在一條城外的大道上，眼前站著一名年輕男子，紫珊覺得眼熟，才認出這是子堃。

子堃長高了，不再是那個矮小的少年，神色也成熟堅毅許多，不過臉型五官，以及眼神間的靈動慧黠還是認得出來是他。

「師父，您不用再送了。」子堃的聲音也低沉許多。

紫珊轉頭看，果然鄭涵就在身邊。她此時也有些歲月了，但仍不掩她的清冷英氣。

「我本來反對你去找你親生母親，不過你既然執意要去，我也不能再阻止。」鄭涵微微嘆氣，深呼吸後繼續說道：「當年我帶走你，就是希望把你養成一個正直的人，靠自己的力量修習法力，而不是像子淯和徐靜那樣，用一些旁門左道的方法，取得不該擁有的力量。」

「師父，我懂。」子塋點點頭，「如果我找到我的娘親，一定盡力規勸她。」

「你爹已經過世了，我最後看到你娘的地方是她姊姊住的山上，或許你可以從那打聽到你娘的下落。」鄭涵說。

「謝謝師父。」子塋感激的說。

「不過，人與人的情分很難說，你能不能找到你娘親就看你們母子有多少緣分了。」鄭涵感嘆的說。

「是的，師父。如果我跟娘親相認，一定帶她來跟您相見。您們師姐妹好久不見，應該也想敘敘舊。」子塋語氣熱切的說。

鄭涵看著子塋微微一笑，沒多說什麼，接著從懷裡拿出一樣東西，紫珊認出那是一塊玉。

那塊玉雕刻成一隻鷹的造型，牠的雙翅大展，做飛翔的樣子。這玉器的樣式古樸，翅膀、尾巴，還有臉部，都有細細的刻紋。玉鷹的身體鑿了兩個洞，一條金線穿過其中，在上面打了個如意結。

「你志在四方，對經營玉店沒有興趣，所以我把玉店交給引善，玉簪之後也會傳給他。但是我也希望你有一件玉。」鄭涵輕撫著玉鷹，「這隻鷹嘴裡叼著一顆小玉珠，我放了一些法力在上面，可以保護你平安順利。」

她把玉鷹遞給子堃，子堃恭敬的收下，「謝謝師父的用心。徒兒也希望師父身體安康，事事平安。」

「去吧！」鄭涵對他一揮手，然後，紫珊眼前的場景又換了。

這次她來到另一間屋子，這屋子的裝飾擺設顯得富麗堂皇，每一樣家具都做得精緻脫俗，一旁的架子上擺著各種不同的玉器飾品，琳瑯滿目。

眼前是一名成年男子，紫珊認出來是引善，看來時間又過了幾年，如今的引善穩重成熟，少了當年的莽撞之氣。

他身旁有個年輕女子，手裡抱著一個嬰孩，鄭涵也在屋內。

「娘，自從爹過世後，您一直足不出戶，這次您願意過來，孩兒太開心了。」引善微笑的說。

「我來看看你的孩兒，」鄭涵淡淡的說，「取名了嗎？」

「還沒，想留著讓娘取名，讓這孩子有好福氣。」

鄭涵想了想，「就叫意珊。我們世代單傳，不管後代姓什麼，名字一定要有珊字。」

「謝謝娘賜名，意珊，真是個好名字。」引善眉開眼笑的說。

「我有話跟引善說，你先去休息吧！」鄭涵對著引善的妻子說。女子抱著小孩離去，房裡只剩下母子兩人鄭涵才又開口。

「這次來找你，除了看孩子，還有一事。」鄭涵的臉色變得嚴肅，「我把『珉』交給你後，子堃出門去找徐靜，至今沒有消息。當時我給了他一塊玉鷹，讓他帶著保平安，但是有一件事，我沒跟子堃說過。當年徐靜把子堃交給我時，同時也交給我一個陶鴨杯，要我把這個陶鴨杯讓他保管。我總覺得，這杯聯繫著徐靜跟子堃，不會有好事，所以我從未告訴過子堃關於陶鴨杯的事。

「大約五天前，我在房中練功，忽然感到腳下一陣微微地動，這個力量傳到陶鴨杯上，杯身猛然發出震動，旋轉不止。我對著杯子施法，讓它安定下來，我可以感覺到這股力量來自徐靜，但是奇怪的是，這個法力並不是要傳給子堃的，而是預先準備給她的後代。徐靜似乎正籌措著什麼千年後的計畫，我不管怎麼試，都無法得知詳情，但是這個法力感覺非常陰森黑暗，恐怕會引發災難。

「我的法力無法消除陶鴨杯上徐靜的力量，於是想了一個法子，對它另外施法，而且找個隱密的地方把它埋了起來。同時我也用她的方法，在自己的玉簪上施了一個給後代的法力。這兩股法力相連結，若是有一天，她的後代眞的找到了陶鴨杯，啓動上面的法力，那我施在玉簪上的法力也同時會被啓動，我們的後代就會知道這一切的經過，我施在玉簪上的力量就會幫助他。所以這把玉簪你一定要愼重保存，世世代代的傳下去。這是你的使命。」

「是，謹聽娘親囑咐。」引善恭敬的說。

鄭涵講完，影像消失，她再度回到紫珊的面前。

「那是我最後一次見到引善。在那之後，宮裡中書令張說傳來御旨，當今聖上要行封禪大典，命令我們準備四份上等玉冊，兩份用於祭天的封禮，兩份用於祭地的禪禮。

「這給了我一個好主意，還有什麼地方，比皇上的祭壇更能好好安放這十五簡玉冊？所以我施了法，讓這些玉冊外觀看起來長短一致，跟另外三套玉冊一起送進宮裡。現在，它們安好的躺在泰山下金匱中。我堅持我們的子孫名字裡要有個珊字，是因爲守護玉冊是我們的責任，這東西非凡物，過去曾出土一次，未來是不是能永藏於此很難說，但是我們盡力了。

「玉冊的去向是個祕密，除了我沒有人知道，引善跟子堃也不知道。現在，我讓你知道，因爲你肩負重任，你是下一代玉使。你現在看到我，代表徐靜跟子滑的後代已經取得陶鴨杯上的法力。我不知道他們的目的，但我擔心他們還是覬覦闇石的力量，所以你得去找出這個人，若他有惡念，試圖讓闇石重現於世，必要阻止。」

紫珊心裡一團混亂，想不到玉冊關係到這麼多事。

「我怎麼去找這個人？怎麼阻止？」她焦急的問。

「你現在會繼承我玉簪上的法力，當然對方也擁有法力，你自己多加小心。必要時，用你的力量，毀了闇石。」鄭涵說完對她一點頭，然後消失在眼前。

「喂！喂！你不能就這樣不見啊！」紫珊喊著。

「誰不見啊？」一個聲音從身後傳來，紫珊嚇了一跳，是奶奶回來了。

「喔！呃，沒有啦……奶奶聚餐吃了什麼好吃的東西？」她看看四周，房間跟平常一樣，只有她一個人，她懷疑剛才的一切只是自己的幻想。

「那個王媽媽今天做了肉圓跟肉燥麵，比外面賣的好吃，我帶了些回來，我去熱給你吃啊！」奶奶和藹的說。

「好。」紫珊點點頭，但是她的心思完全不在這上面。

奶奶離開後，她整個人躺在床上，細細回想鄭涵給她看的影像，還有她們的對話。這些是真的嗎？不會都是她幻想出來的吧？

應該不是。奶奶跟爸爸都有一些法力，也跟她說過，他們一脈單傳，而且不管男女，名字都有個珊字。還有，爸爸跟奶奶也提到秦始皇的玉冊，他們的說法是祖訓要後人去找秦始皇的玉冊，跟鄭涵的說法有點出入，不過這也可以理解，畢竟年代久遠，代代口耳相傳下來肯定會有差錯。但是這些都可以呼應玉簪上的故事。

而且經過這麼久遠的歲月，一代一代下來，法力傳到現在越來越弱。很明顯的，奶奶跟爸爸的法力跟子堃、引善比起來差太多了，也有可能這些後代傳承了月升的「隱靈法」，雖然鄭涵努力突破，讓她這一脈長至十五歲時可以有法力，但是雙方的法力互相抗衡牽引下，後代的法力自然就沒那麼強了。

她終於了解整個來龍去脈，接下來她得要去找子滑跟徐靜的後代。

只是，這個人會是男的？女的？老的？年輕的？圓的？扁的？什麼都不知道，去哪裡找人？

她慢慢接受這個事實，一遍一遍在腦海裡回想著鄭涵給她看的故事，整理心得。

徐靜的後代在得到陶鴨杯的力量後，玉簪上的力量也會同時被啟動。她記得，她當時正準備要出門，還看了一下手機，是三點半。

她打開手機，在備忘錄記下日期與時間。

關於玉冊，奶奶跟爸爸謹記的祖訓是找秦始皇的封禪玉冊，根據歷史記載，秦始皇的封禪玉冊沒有出土過。但是依照鄭涵的描述，玉冊已經被他們找到，而且在唐朝開元年間的封禪典禮中再度埋進祭壇裡。

不知道，唐玄宗的封禪玉冊有沒有出土過？她好奇的打開筆電，在搜尋引擎打上「唐玄宗，封禪玉冊」。

本來不抱希望的她，沒想到居然出現好多筆資料。她緊張又興奮的瀏覽了一下，點開以下標題：

精彩選件——國立故宮博物院南部院區

本套唐玄宗禪地玉冊共十五簡，記載玄宗敬告地祇神的祝禱文，在祝禱之際，也向世人……「封禪」是歷史中最耗費人力、物力的典禮，自秦始皇以降，總共只有七位皇帝舉行……

一打開網頁，就看到頁面上十五簡玉冊的照片。這十五簡玉冊一字排開，上面刻滿了字。這跟鄭涵讓她看的那十五簡不同。當時的玉冊被徐福用法力除去秦始皇封禪時留下的文字，上面平整空白。不過，若這份就是鄭涵說的玉冊也很合邏輯。鄭涵上呈給唐玄宗的玉冊，肯定會被刻上新的祝禱文。

紫珊的心怦怦跳著，會不會就是這份？她仔細看著圖片旁的解說文字：

唐玄宗　開元十三年

禪地祇玉冊

本套唐玄宗禪地玉冊共十五簡，記載玄宗敬告地祇神的祝禱文，在祝禱之際，也向世人宣告天子承運而生的正統地位。可以補足、刊正史籍的闕如與錯植，可謂國之重寶。封禪大典是天子祭祀天地最高等級的儀式。「封」是登泰山祭天；「禪」則是在泰山旁的小丘祭祀地祀的典禮。

「封禪」是歷史中最耗費人力、物力的典禮，自秦始皇以降，總共只有七位皇帝舉行此一祭典。幸賴本套玉冊出土現世，得有研究禪地典禮的第一手史料。和本玉冊同時出土者，尚有宋眞宗的禪地玉冊，是馬鴻逵將軍（1892-1970）於民國二十年（1931）率領軍隊在山東泰安蒿里山整地時所發現，後由其夫人捐出轉至本院收藏。本套玉冊實爲白色大理石質，一般稱爲漢白玉。長短不一，簡與簡之間以金屬線串聯。冊文係以斜刀鐫刻後貼以金箔，但現在多已剝落。其中，除玄宗署名「隆基」二字爲楷體外，餘爲隸書，字跡清晰，保留了原來書寫的筆意，端整豐勻，經研究與玄宗的書風相符，或是他親筆御書之作[2]。

鄭涵說，她當時準備四套玉冊，兩套用於祭天的封禮，兩套用於祭地的禪禮。藏於故宮的禪地玉冊，除了同樣是十五簡，更重要的是，照片中明顯可以看出每一根長短不

2文字引用自國立故宮博物院南部院區網站「精彩選件：唐玄宗開元十三年禪地祇玉冊」頁面。

一，這跟闇石的力量燒掉部分玉冊的情況吻合。當時鄭涵要把玉冊呈給唐玄宗，一定不能長短不一，她也說她當時施了法。不過經過這麼久，法力消耗掉也是正常的，如今玉冊顯露出原來的樣子，而且就是她在鄭涵影像中看到的樣子。她幾乎可以確定故宮的這份就是她要找的玉冊！

不過她還是覺得應該更謹慎些，要找一天去故宮親眼看看這件文物才行。

還有法力的事。她剛滿十五歲就發現自己擁有點火的小法力，那現在她是不是像鄭涵說的，眞的傳承了玉簪上的力量？

她決定試試看。

她讓玉簪平躺在左手心上，深吸一口氣，再緩緩呼出，用心去感受玉簪上的力量。

沒有多久，胸口上小火燃燒的感覺又出現了，有股溫熱的暖流升起。紫珊把這股暖流運行到全身，感到前所未有的舒暢，也感應到這股特殊的力量在體內繞轉，成形。

她右手對著玉簪輕輕一指，玉簪便憑空浮起來，她再一揮，玉簪慢慢的朝前飛去，在她的意念指揮下，玉簪在空中像是紙飛機一樣繞轉，本來她還擔心玉簪會失去控制墜機碎掉，不過一切都很順利，這法力在她身體裡運行無礙，玉簪也按照她的意志在空中移動。

她有了信心之後，決定嘗試更進階的法力。她先對著房門，手一揮，門便自己關上。

她再度呼吸運氣，專注的看著玉簪，手再一揮，體內的力量跟玉簪上的力量互相感應，她凝神屏氣，心念堅定，眼前的玉簪一個幻化，身披橘色羽衣的朱雀在空中現身。牠雙翅展開，長尾擺動，羽毛在光線下呈燦爛的金橘色，紫珊自己都看呆了。

她讓朱雀在空中飛了一陣，心念轉動，手一揚，朱雀變回玉簪，朝著木盒飛去，穩穩回到盒子裡。

她忍不住面露微笑，她有法力了！不是之前只能點爐火的法力，是在鄭涵給她看到的影像裡，每個人都會使的法力。

「紫珊啊，肉燥麵熱好了，快來吃啊！」奶奶的聲音傳來。紫珊再對盒子施法，讓蓋子蓋上，開心的去吃美食。

14

紫珊這幾天都專注在法力的修習上，上課的時候上課，但是下課放學之後，更少與同學交流，回家也不看電視和閒晃了，完成功課後就開始探索體內的法力，勤於練習。

她發覺這股力量源源不絕，讓她精力充沛，感官也變得敏銳許多，可以聽到、看到，以及感覺到以往不容易察覺到的事物。像是爸爸回家的腳步聲，奶奶在房裡的咳嗽聲，躲在樹叢裡小鳥的跳躍，游泳池裡身邊人來去的動態，只要她認真運氣，感受到的知覺都比以往更強烈。

除了鄭涵的法力外，這把玉簪一代一代傳下來，在每個人的手上流轉，這些人的力量也在上面，當然相對於鄭涵的力量小多了。不過就像子堃說的，他跟引善一起研發的法力也在，像是「無手無腳自束頭髮法」、「無聲無影放屁驅蟲法」、「兩袖清空懸浮睡覺法」、「虛情假意非死非生法」。她沒裝死嚇人的需要，不過手一揮可以把頭髮綁好，倒也挺方便的。

另外，她也想著，一定要帶著玉簪才能施法嗎？在鄭涵的回憶影像中，她跟林洪哲當年出了秦始皇墓穴後，之所以會被制住，有一大半的原因就是玉簪不在她身上。她曾經答應奶奶保留玉簪幾天後就會放回店裡，而且她也不想整天帶著祖傳寶貝到處活動。她想到鄭涵更改法力的力量，或許，她可以想方法打破要隨身帶著玉簪的限制。

這陣子，她努力朝著這個方向修習，除了把原來鄭涵給她的法力練得更純熟外，她也專注在改變細微的部分。

紫珊估計，如果更改的幅度小，耗費的時間就比較短，成功機會比較大。比如說，如果完全不用玉簪的幫助，全部改為自己施法，這樣可能難度比較高。這就好比是把整個電腦裡的檔案轉化成大腦中的記憶，現階段的技術還做不到，但是卻可以把電腦A的檔案轉存到電腦B裡面。

如果不方便帶著玉簪到處跑，她可以找另一樣物品代替，而且最好是跟玉簪性質相似的物品。

最合適的當然還是玉。

想到這，紫珊記起自己找到的那塊玉。

那是三歲時，爸爸和媽媽帶她去美國玩時撿的。爸爸喜歡去不同的地方旅行，旅行時也會尋找跟玉相關的事物。那次，他們去加州迪士尼和樂高遊樂園，爸爸聽說北加州的大蘇爾（Big Sur）海邊可以找到玉，當然不肯放棄這樣的機會。

他們在潮汐退去時在海邊徘徊，小小的她跟著爸媽，彎著腰，玩著水，摸摸海葵，撈著小石頭。爸爸說，她在一堆各色小石子裡，挑出一塊木頭，童音稚氣的說：「我找到玉了！」。媽媽看了笑笑說：「那是木頭啊！」，小紫珊堅持說：「玉在裡面！」，爸爸用手掂掂那塊木頭，拿出小刀，在上頭挖出一個洞，真的從裡面挖出一塊石頭。原來樹根成長時，會抓住土石，這一小塊玉石被樹根攀附，因此深埋在木塊裡。

鑑定之後，驚訝的發現，那真的是當地的特色軟玉。媽媽笑著說，紫珊的骨頭一定是玉雕成的，才能跟玉石相通，連藏在木頭裡的玉都可以找到。

紫珊想到媽媽，想到那趟旅程，心裡一陣溫暖，她打開衣櫥，最上面的格子裡有個小盒子，她拿出盒子，拉開小抽屜，裡面躺著的就是那塊玉。

這塊玉不大，大約三公分長一公分寬，上尖下鈍的橢圓形。小玉石通體暗綠，上面有一些細紋。這一小塊玉石，在大自然無數的歲月中，被風吹拂，被水沖刷，被其他礦物質細細磨蹭，造就它型態樸實，溫潤無華的模樣。爸爸決定不做任何人工雕琢，保留它原始的樣子。紫珊也喜歡它跟店裡其他精品玉石不一樣的美。

她把玩著這塊玉，感受到它在地底下形成時被火冶煉燒熔，埋在土裡吸收大地精華，又被樹根纏繞包圍、呑噬。之後樹根斷裂，經雨水沖刷後被溪水帶到海邊，被陽光照拂，被海水拍打。

最後被紫珊發現，陪著她長大。

她決定用這塊玉來練法！

她把小玉石放在桌上，同時對著床頭運起法力，手一揮，盒子裡的玉簪平穩的飛起，來到她面前。

紫珊專注看著玉簪，把自己的意念整個灌注在上面，她右手輕揚，玉簪散出點點亮火，像滿天的星星，呈現細緻明亮的美。

這些星火隨著紫珊的法力意念，在空中旋轉，然後像流星墜落般，朝著小玉石奔去。小玉石本來只是靜靜的躺在那裡，隨著時間過去，竟然也閃著微微的光芒，彷彿在回應玉簪一般。

紫珊的眼睛也閃著光芒，她的想法得到印證，這是可行的。

她每天不間斷的嘗試，加上鄭涵給她的法力當基底，一天進步一點，不多久，她把玉簪上的力量移到這塊小玉石上，她非常開心自己成功了！現在，她可以隨時帶著小玉石出門，不用擔心祖傳玉簪攜帶不方便。同時，她請爸爸幫忙把小玉石帶去店裡，讓人把它做成墜子，她把做好的玉墜掛上脖子，貼在胸前，她跟玉墜時時刻刻相連結。

＊＊＊

「這週六我要去嘉義跟一個玉石收藏家見面，之後會去找一位朋友，所以會在嘉義過夜，星期天才回來。」這天，爸爸在飯桌上宣布。

「喔，好。」紫珊忽然想到，「故宮南院是不是在嘉義？」

「是啊！怎麼了？」爸爸問。

紫珊眼睛一亮，「我可不可以跟你一起去？我想去故宮南院，你就把我丟那，去忙你的，我可以自己逛逛。」

「你一個小孩要去逛？不好吧！」奶奶皺起眉頭，不太放心的樣子。

「故宮裡面很安全，我有手機，你們隨時可以定位看我在哪。」紫珊懇求說。

爸爸想了想，「好！故宮南院有很多很好的收藏，你去看看也好。星期天你再跟我一起去找朋友。」

「耶！太好了！謝謝爸爸！」紫珊開心的說。

星期六，爸爸開車南下，先帶紫珊去故宮，確定她進了大廳後才離開。

紫珊去過臺北故宮，但這是她第一次來到南院，看到現代化的造型建築，大片的玻璃，弧線的設計，在視覺上帶來衝擊，覺得又震撼又美麗。

紫珊看著導覽文件，這個月有個「盛唐之美」特展，唐玄宗的玉冊就在這個展場。

她手撫著胸前的玉墜，想到可以親眼看見當年的玉冊，心裡的興奮不可言喻。

紫珊依著指示來到展場，這裡的展品琳瑯滿目，有唐朝的器皿家具、唐朝畫家的畫作、當時盛行的宗教文物，還有花色鮮豔的唐三彩，紫珊隨意看著，直接來到玉冊的展示櫃前面。

紫珊看著這十五簡玉冊，除了上面多了刻字外，跟鄭涵給她看的影像完全一樣，每一簡都是白色的，而且長短不一。

身旁還有其他參觀的民眾，她不方便像林洪哲那樣施法把玉冊排成放射狀，反正她也不想知道闇石隱藏的地點。不過她稍稍施法，讓遊客暫時不想靠近這裡。

紫珊輕輕撫著玉墜，感受上面的力量，然後拿下玉墜，靠近玉冊上方，對著眼前的玉冊一揮，很細很細的星火散出，消失在玉冊上。

這時候，她聽到玉聲，就像在鄭涵影像中聽到的那樣。

「出海向東，行百里，折南行五百里，海中島現，岸礁藏石。」

沒錯！這就是秦始皇的禪地玉冊。

紫珊覺得胸口心臟怦怦用力跳著。她真的找到了！這玉冊，在唐朝出土一次，近代又出土一次。

她正想收回法力時，又聽到更多的玉聲，她屏著氣，小心聆聽。

「……潮退綠水流，海蝕洞展石。」

紫珊暗暗心驚。這兩句話，她之前在鄭涵的影像中沒聽過，是新的。看來，闇石的力量慢慢在壯大，它發出更多的訊息，更加顯現自己的位置。

她很想施法讓玉冊展現地圖，看看是不是比之前看到的更詳細，但是她壓抑下好奇心。不僅因爲這裡是故宮，公眾場所不方便，還有當年鄭涵選擇再度讓玉冊入土，就是希望闇石永遠不被找到，那她應該也要保護這個祕密。

想到這，紫珊收斂心緒，緩緩吸氣呼氣，把法力收回。

玉冊在這裡，也算是一個安全的地方。

她離開玉冊的展示櫃，四處走走，看看唐朝的畫作文物，也學到許多新知識。

第二天，她跟爸爸去拜訪朋友，直到晚上才回家。

＊＊＊

紫珊回來後，繼續努力修習法力。這部分很順利，每天都有進步，但是找人這部分卻不簡單。世界這麼大，徐靜跟子滑的後代可能在日本，在美國，在非洲，在某個深山裡，在某個海島上。這人可能是男的，女的，老的，少的，紫珊毫無頭緒，人海茫茫要怎麼找？

這天，她再度拿出玉簪把玩，仔細回想鄭涵跟她說的話，忽然腦中靈光一閃。

她想起鄭涵的一句話：「你現在看到我，代表徐靜跟子滑的後代已經拿到陶鴨杯上的法力。」

大約一個月前的星期六下午，玉簪上的法力被啓動，代表那天徐靜跟子滑的後代拿到陶鴨杯的力量。所以，如果她可以找到陶鴨杯目前所在的地點，尋人的範圍就會小很多，至少可以知道在世界上的哪個國家，哪座城市。

鄭涵沒有給她看陶鴨杯的樣子，她只好慢慢在網路上搜尋。

紫珊先輸入「陶鴨杯」，居然出現一堆跟鴨子無關的杯子，大部分還是玻璃的。於是她換個方式，改輸入「陶器，鴨子」，這次目標明確，跳出很多陶瓷做的鴨子造型擺飾，還有迪士尼唐老鴨的杯子，都很漂亮可愛，可是太現代了。

她再輸入「陶器，鴨子，唐朝，杯子」，結果圖片讓她眼睛一亮，覺得方向對了。這些都是古樸的唐三彩陶器，而且大部分是鴨子造型。

紫珊逐一慢慢看去，一個個篩選，有的是鳥的造型，但不是鴨子；有的是杯子，但是沒有鴨；有的是鴨，也是陶器，但是朝代不對。還有很多照片的資訊不清楚，看不出眞僞。

一直到她看到一個唐三彩，那是一隻鴨子的造型，有趣的是，鴨子的頭不是朝著前方，牠一百八十度轉到後面，扁扁的嘴銜著一朵花。

紫珊看著照片，覺得這杯子給她很強烈的感覺，她點進去其中一個網頁閱讀，原來這杯子叫「三彩鴨銜梅花杯」，收藏於鞏義博物館。

她沒聽過這個博物館，於是她重新輸入「鞏義博物館」，發現這個博物館在中國河南。紫珊看著網路資料，嘆一口氣，原來這個後代在中國啊！她要怎麼去中國找這人呢？不過至少有方向，知道那人在河南鞏義市。爸爸每個月都會去中國收購玉器，說不定她下次可以跟去，爸爸大多是去上海，或許可以請爸爸帶她去鞏義博物館，不過爸爸會讓她請長假嗎？她得想個合理的理由。

紫珊在心裡盤算著各種可能，隨意點著「三彩鴨銜梅花杯」的相關網站，想多了解這件古物，忽然，一則新聞片段映入眼簾。

「在臺北精品藝廊『藝湛』展出的唐三彩特展非常精采，除了有國立歷史博物館的『三彩加藍人面鎮墓獸』外，還有來自中國各地知名博物館的古物展品，包括洛陽博物館的三彩馬、陝西歷史博物館的公主碗、鞏義博物館的『三彩鴨銜梅花杯』……」

紫珊忍不住低呼一聲，「三彩鴨銜梅花杯」在臺北！這是什麼時候的新聞？她滿懷期待的點開連結，就在上個月，而且開幕的日期時間，也和玉簪上的法力被啓動的時間吻合，就是她得知鄭涵訊息的那天！

這一定不是湊巧！這個「三彩鴨銜梅花杯」肯定就是鄭涵提到的陶鴨杯！

紫珊興奮的在房裡來回走動，這發現太棒了！

她剛才滿腦子計劃著要怎麼說服爸爸帶她去河南，現在她等不及，要立刻去一趟「藝湛」！

紫珊繼續搜尋，查看「藝湛」的網站，果然有唐三彩特展的消息，她記下地址，發現明天就是展覽的最後一天了。

15

第二天，紫珊覺得在學校的時間特別長，老師交代的功課特別多，放學後出校門的人潮特別擠，她好不容易在人群中穿梭，還好有法力的幫忙，運氣呼吸，身形輕快許多。

偏偏等待的公車一直沒出現，這個任她法力再高超也沒辦法。終於，公車來了，她正要衝上去，卻碰到一位老先生要下車，他動作緩慢，司機很有耐心的等待，其他乘客也耐心的等待，紫珊沒辦法，也只好等他安穩下車後她才上車。

這一路上，不是塞車，就是紅綠燈不配合，她看著時間，「藝湛」快要關門了，心裡非常焦急。

終於，她下了公車，跑步來到大樓，等了好像一輩子那麼久的電梯，終於抵達十七樓。

來到「藝湛」，她伸手要推開大門，發現已經上鎖了。她心一涼，來晚了。

她湊上玻璃門往裡望，看見裡面有人影，她用力拍打大門，一位小姐朝她走來。

「我們已經關門嘍，展覽結束了。」小姐對她說。

「對不起，我來晚了，那個公車……我真的很想看這個展覽，可以讓我進去一下嗎？我……我只看一件展品就好。」紫珊哀求的說。

小姐皺著眉頭，覺得她的要求很奇怪，「不行喔，展覽結束了。我不能讓你進去。」

「拜託……」紫珊非常失望，想不到居然錯過在臺北見到陶鴨杯的機會！

「梁紫珊！你怎麼會在這？」一個熟悉的聲音從那位小姐的身後傳來，紫珊抬頭看，是和她同班的同學，顧曄廷。

「我想來看……看唐三彩展覽，可是這位小姐不讓我進去。」紫珊說，她好奇的看著曄廷，「你怎麼也在這裡？」

「這是我外公開的藝廊啊，我常過來。」曄廷笑笑的說。

「眞的？」紫珊眼睛亮起來，「我眞的好想看這個展覽，可不可以讓我進去看一下？拜託拜託啦！」

曄廷看看她，那種期盼的眼神很難拒絕，他轉頭跟那位小姐說：「這是我同學，讓她進來參觀一下吧！」

小姐看他們互相認識便不再堅持，拿出鑰匙打開玻璃門，讓紫珊進去。

紫珊實在太開心了，經過這麼多波折，終於可以看到陶鴨杯。她隨著曄廷走進展場，裡面沒有半個人，空曠的場地，看展很舒適。

她左看右看，這裡的唐三彩展品眞的很精采，不過她心心念念的都是那個陶鴨杯。

「原來你也喜歡古物！」曄廷看著她說。

「呃……是啊，我爸爸經營一間玉店，所以我們對古物都要有些研究。」紫珊說。

「眞的？玉……你們家是開玉店的啊……」曄廷表情有點古怪，好像在思考什麼。

「是啊，怎麼了？」紫珊好奇的看著他。

「沒事啦，總覺得玉是很神祕的東西。」曄廷說。

「我也這樣覺得。不過我大多數的朋友只覺得那是老人家的東西。」紫珊聳聳肩說。

「不會啦！呵呵，我喜歡古畫，也常被說是老人畫！」曄廷無奈的笑著說。

「你喜歡古畫啊……」這次換紫珊沉吟。他不會剛好就是鄭涵的師兄張萱的後代吧？她搖搖頭，把這個想法拋開。最近太著迷在尋找後代這件事上，一點小事就捕風捉影，上次跟外婆去爬山，看到沿路的大石，還想著有沒有可能哪個是闇石。

「是啊，我喜歡去故宮看畫，外公也收藏不少古畫，不過我也喜歡唐三彩，這次的展覽很特別。」曄廷說。紫珊敏感的察覺他話裡有別的意思，不過不知道是什麼。

「還好你今天在，你每天都會來這裡嗎？」

「外公希望我以後可以繼承這間藝廊，所以要我多來觀摩兼實習。」曄廷說。

「要不是你，我今天就進不來了。謝謝你！」紫珊由衷的說。

曄廷無所謂的笑笑。紫珊覺得他那種輕鬆的態度很有魅力。

「啊……對了，你借我的那套書，我看完了。對不起，一直忘記還你。」曄廷不好意思的說。

「喔，沒關係，我已經看好多遍了。你喜歡嗎？」

「還不錯，很精采，尤其主角獲得法力的過程，滿有創意的。」曄廷若有所思的說。

「是啊，這個作者很厲害呢！」紫珊說。之前她看這套書時，故事精采沒話說，但總覺得這麼戲劇化的情節只在故事小說才看得到，直到最近自己遇到這些事，甚至有了法力，才深深覺得作家很厲害，可以憑空想出這樣的創作。

會不會那個作家也是某個月升弟子的後代？

紫珊忍不住笑自己又胡亂對號了，搖搖頭，把這個想法又拋開。

「這四尊武將好有趣啊！」紫珊轉移注意力，看著一個大型展示櫃裡的唐三彩說。

「這四尊叫天王俑，一個來自陝西歷史博物館，一個來自北京故宮，一個來自國立歷史博物館，一個來自臺北故宮，各有特色，很難得能夠一起展出。」曄廷很認真的幫紫珊介紹。

紫珊看了一眼，敷衍的點點頭，她走過天王俑，往右前方走，感覺有某個力量在召喚她，陶鴨杯一定在那。

果然，在展場角落一個比較小的展示櫃裡，鞏義博物館的「三彩鴨銜梅花杯」就在眼前。紫珊著迷的看著它，大約一個月前展覽開幕那天，有人在此拿到裡面徐靜的力量，那個人是徐靜跟子湑的後代，也是子堃的後代。

「你好像對這個杯子很有興趣？」曄廷問。

「喔，是啊……這個鴨子很可愛呢！」紫珊看著陶鴨杯，感覺到上面有個力量在催促她，想跟她連結溝通。

她只要把手伸出來，呼吸運氣，透過玉墜她可以輕易的感受到陶鴨杯的力量。但是曄廷就在身邊，她考慮著，是不是要讓他看到自己有法力？她都還沒有讓爸爸跟奶奶知道鄭涵出現這件事呢！他們世代傳承鄭涵的法力，要理解一定不難，但是她暫時還不想跟他們說，覺得這是自己的責任，要由自己去完成鄭涵的囑咐。

不過，不知道爲什麼，她隱約覺得曄廷應該也會了解。

「曄廷，」剛才那位小姐走過來，「你外公打電話找你！」

「喔，好。紫珊，那你慢慢看。」曄廷跟著小姐朝前臺走去。

終於剩下自己一個人了。紫珊鬆一口氣。她覺得自己還沒準備好讓其他人知道她擁有法力。她回頭盯著展示櫃，伸出右手，掌心對著陶鴨杯，同時她感到胸口的玉墜產生熱度，回應陶鴨杯的力量。接著一股熟悉的力量傳來，那是鄭涵的法力，這力量在紫珊的體內遊走，她聽到一陣私語，就像是玉聲那樣：

「你找到這個陶鴨杯，引發我施加其中的力量，代表徐靜的後代已經找到它，還拿到徐靜的法力。她的法力高強，我查不出她的用意，也無法破解，所以我施了這個法力，讓你在面對徐靜的後代時能夠與之抗衡。同時，也像玉簪那樣，這個法力也記載了部分的記憶。」

鄭涵的話說完，陶鴨杯表面浮起點點星火，慢慢升空，然後微微一閃，四下散去，陶鴨杯又恢復原樣。

紫珊倒吸一口氣，本來空無一人的展場，忽然身邊擠滿了人，來來去去，熱鬧無比。

她花了半秒鐘意識到，這是展覽開幕那天的情景。那個後代找到陶鴨杯的同時，啓動鄭涵的力量，她的法力記載了當時的景象。

她就要看到誰是徐靜的後代了。

紫珊快速移動，走到展示櫃旁邊，因為等下就會有人來到陶鴨杯的面前。從這個視角看向展場，前方不遠處有張長桌，上面排滿食物飲料，幾個年輕人幫忙端食物上桌。

紫珊有點驚訝，她居然認出兩個人，莊儀萱跟柳宗元。不過，這是可以理解的，他們是曄廷的朋友，會一起出現也很正常。

儀萱原本背對著陶鴨杯，忽然間轉過頭，表情好像有人在喊她。她看了看陶鴨杯的方向，神情帶著疑惑，似乎打算走過來。紫珊緊張的看著她，然後柳宗元出現，他拉著儀萱離開。

紫珊鬆了一口氣，不是儀萱。

接著有一個老先生出現，看了一下就離開。然後是三個老太太，一個媽媽帶著兩個小孩也看了許久，還有一個中年人快步通過。

看起來都不是。

這時，儀萱端了一盤杯子過來放到桌上，她在桌邊排著杯子時，再度轉身，詫異的看著陶鴨杯，這次她走了過來。

紫珊看到儀萱皺著眉，表情帶著凝重跟好奇，直直的望著陶鴨杯，然後她舉起手，掌心對著陶鴨杯，過了好一會兒才把手放下。

儀萱深吸一口氣，臉色沉重，看了陶鴨杯一眼，轉身消失在人群裡。

紫珊也回到空無一人的展場。

她驚訝得合不攏嘴，原來，子淯的後代是儀萱！

她的心情很混亂，想不到她眞的找到了！而且還是自己學校的同學，曄廷的女朋友。

儀萱拿到徐靜留給她的法力，徐靜告訴她什麼？她會怎麼做？她會想去找闇石的力量嗎？要不要跟曄廷講這件事？還是儀萱自己會跟曄廷說？

「看來你眞的很喜歡這個鴨子啊！」曄廷的聲音響起。紫珊有些被嚇到，才想到曄廷，曄廷就出現了。

「喔，是啊……」紫珊心不在焉的回答。

「你怎麼了？看起來臉色不太好。」曄廷關心的問。

「喔，沒事。」紫珊深呼吸一口氣，調整一下心緒，擠出一個微笑。法力有時還滿好用的。

「對了，我們該走了，吳小姐要下班了。」曄廷不好意思的說，紫珊覺得他的臉色隱隱帶著擔憂。

不要亂想。她對自己說，自己剛知道儀萱的祕密，馬上又開始穿鑿附會。

「今天眞的謝謝你！我學到好多。」紫珊說，「那我先走了，明天學校見。」

「掰！」曄廷對她揮揮手。紫珊覺得很難忽視那個快連起來的眉心。

16

曄廷等紫珊離開後跟吳小姐一起鎖門，吳小姐下班回家，他則直接下樓，來到外公的辦公室。

「外公。你還好嗎？」曄廷關心的問。

「我沒事，但是有點嚇一跳。」外公平穩的口氣中，透露一絲餘悸。

「我可以看看嗎？」曄廷好奇的問。

「在這裡。」外公拿出一面銅鏡。

自從子滑附身在外公蘇季風身上的事件過後，子滑下落不明，宗元、儀萱跟曄廷都很擔心子滑還會回來找外公，他們要求外公如果有任何風吹草動，一定要馬上通知他們。蘇季風收藏古物多年，深深體會這些古物不僅是年代久遠的擺飾，很多時候，裡面具有神祕的力量，所以當孩子們告訴他關於子滑、月升、闇石的故事，也親眼看到孩子們身上的法力，他不僅相信，而且深知整件事的嚴重性。

今天是展期最後一天，曄廷來學習收尾的工作。蘇季風想讓曄廷多了解藝廊的運作，所以這陣子要求他放學後天天過來。

蘇季風在辦公室處理一些電子郵件，回覆完急件之後，站起來稍稍活動僵硬的肩膀和膝關節，走到房間另一頭的一個收納櫃前面。這裡是療癒工作繁忙最好的地點，隨手拿起一些古物把玩，回想收藏的經過，都是他抒解壓力的方式。

他拿起一面銅鏡，這是源自唐朝的海獸葡萄紋銅鏡，這個鏡背的設計非常繁複華麗，上面有一圈葡萄藤蔓繞著圓心，掛滿一串串圓圓滾滾，立體突出的葡萄，每串葡萄之間雕滿不同姿態的海獸。

蘇季風把它翻到正面，嚇得差點沒鬆手把鏡子摔到地上。只見本來古樸斑駁的青銅面變得光滑明亮，而且居然顯現出一個黑色人影！這人影沒有明確的樣貌，但卻會移動，而從它動的方式看來，是一名男子。

影子走動了一會兒，然後像是背對著蘇季風，朝著鏡心走去，越走越遠，越來越小，然後消失在眼前。

一切恢復原狀，鏡面又回到古樸的青銅樣子。

蘇季風覺得事情邪門，趕快打電話給曄廷。

現在蘇季風把這面銅鏡拿給曄廷看。

「海獸葡萄紋銅鏡！」曄廷低呼。這面銅鏡設計得精緻華麗，是他很喜歡的古物。

他小心拿起鏡子，可是不管他怎麼看，那些海獸都只是立體的雕飾，鏡面也是他熟悉的樣子。但是他相信，外公看到的事真實發生過。

他伸手對著鏡子施展法力，感到一股非常微弱的幽冥之氣，但這感覺很快就不見，他來不及去辨認什麼，也不能確定是不是子滑的力量。

「外公，我會施法保護這面鏡子跟藝廊，也會跟儀萱和宗元討論一下該怎麼辦。我無法解釋人影的事，不過目前看不出來有危險。」曄廷安慰外公，心裡卻隱隱覺得不安。

「這面鏡子我會另外鎖起來，希望不會牽連其他的古物。」蘇季風說。

曄廷覺得如果那黑影有法力，「隔離古物」恐怕也沒什麼效果，不過他沒說什麼，只是點點頭。

＊＊＊

第二天到了學校，他跟儀萱、宗元下課約在樹下碰面，把昨天的事告訴他們。

「你們有什麼想法？」曄廷低聲問。

「你覺得那是子滑嗎？」宗元皺眉問。

「我用法力去試探，只察覺到一點點的氣息，不能確定什麼。你知道，每樣古物經過幾百幾千年的歲月淬鍊，都含有不同的力量。說不定這只是這個銅鏡本來的力量。」曄廷說。

「我覺得不是子滑。」儀萱甩甩頭髮，揚起下巴。

兩個男生一時沒說話。

「爲什麼你會這樣猜測？」曄廷輕聲的問。

「根據徐靜給我的訊息，子淯必須要拿到五個陶器上的法力，加上附身在後代，也就是我的身上，他的能力才能再現。我一個月前在『藝湛』從他身上拿回陶器上的冥氣，當時他也沒有附身在我身上，所以他應該沒這個能耐跑到外公的銅鏡裡。」儀萱分析，「可能只是那面銅鏡有自己的古怪力量。」

曄廷抿著嘴，宗元皺著眉。

「我覺得是子淯，那傢伙一肚子壞水。」宗元說完看了儀萱一眼，又接著往下說，「不過儀萱講的也有道理。」

「我是覺得，這個時間點，外公的銅鏡出現異樣，有些太巧了。」曄廷含蓄的表示。

「什麼叫時間太巧？」儀萱瞪他一眼，「我們消滅子淯是一個月前的事，外公銅鏡出現影子是昨天，前後差這麼多天耶！」

「我們不知道子淯跑到哪去，不能算是被消滅吧？」宗元說。

「子滑有沒有被消滅，跟銅鏡上的異樣是兩回事好嗎？」儀萱轉過頭瞪宗元一眼。宗元吐吐舌頭，不再說下去。

「我沒說是子滑啊！我只是覺得，不能馬上就排除子滑的可能性。」曄廷儘量溫和的說。

儀萱最討厭曄廷這個樣子，明明有不同意見，可是卻不爽快的說出來，表現得迂迴曲折，似乎這樣才顯得自己思慮周密，讓她覺得若發脾氣的話就是自己的錯。這方面，宗元還比較直接一點，以往的經驗，兩個人鬥鬥嘴就過去了。

「你不是說，你透過法力感測，但也不能確定是不是子滑？」儀萱不鬆口，「沒有證據，也沒有道理，就不能亂定罪。」

「我沒有要定罪啊！」曄廷忍不住也提高語氣，他深呼吸幾次壓抑高漲的情緒，用平緩無傷的口氣說：「我在想……我們是不是要去跟月升講這件事，包括子滑回魂的事？另外，她的其中一個徒弟就是用銅鏡的，或許她可以給我們更多有關銅鏡的訊息？」

聽到這裡，儀萱爆炸了，「我不要去見她！你爲什麼這麼相信月升的話？月升內心黑暗，不是她告訴你的那樣清高正直。如果她知道我是子湑跟徐靜的後代，而且子湑需要附身在我身上，一定馬上先殺了我！絕對不讓子湑有機會翻身，再有法力。」

曄廷皺起眉頭，「她不讓子湑再度復出，這是很正常的反應啊！不說子湑過去野心勃勃，之後還在詩境、詞境、畫境惹出許多事，他害死無辜的人，我外公被他附身，還差點死在他手上，這樣還不夠讓人擔心嗎？」

「你根本就沒抓到我的重點！我在說我，不是在說子湑！」儀萱氣得全身的血液好像要從腦袋爆出來那樣，她後退一步，覺得連跟曄廷站得近一點都難以忍受。

「可是你是子湑的後代啊，儀萱……」曄廷伸出手，想去握儀萱的手。儀萱冷哼一聲，微施法力閃過曄廷的手。要不是現在是學校下課時間，到處都是人，她很想用畢生的法力打在曄廷身上。

儀萱深吸一口氣，「我們沒什麼好說的。還有，我說過，沒有經過我的同意，不准把我的事告訴畫仙！」說完便氣沖沖的轉身離開。

17

從「藝湛」回家後，紫珊一直處於震驚中。

儀萱是徐靜的後代！這件事帶給她很大的震撼。徐靜到底在陶鴨杯裡留給儀萱什麼樣的訊息？她爲什麼選在這時候跟她的後代有連結，連帶啓動玉簪上的力量，讓紫珊也獲得法力？

唯一能給她解答的，只有儀萱。

但是，她要怎麼問？總不能大大方方走到儀萱的面前說：「我知道你是徐靜的後代，徐靜在陶鴨杯上跟你說了什麼？」依照鄭涵的意思，徐靜傳送法力到陶鴨杯上的目的不明，這位後代拿到後的態度是善是惡也難以分辨。既然這樣，她不能打草驚蛇。而且，儀萱對自己的身分知道多少並不清楚，不可以隨隨便便就洩自己的底。

紫珊決定先觀察。過去這一個月來，學校如常，地球一樣運轉，她忙著發掘自己的法力，更少跟同學互動（除了昨天在「藝湛」遇到曄廷），但也沒什麼戲劇化的改變。

她在走廊這頭，遠遠望著學校的那棵大樹，也就是她第一次進入校園，看到曄廷的那棵大樹。此時曄廷、儀萱、宗元三人在聊天，他們不時轉移陣地，看起來只是隨意走動，但是紫珊可以看出來，他們在有人靠近時，就會停止對話往一旁走去；要講話時，也是彼此靠得很近，似乎不想讓人聽到。

自從有法力後，紫珊發現自己變得耳聰目明，可以聽到遠處細微的聲音，看到暗處的身影移動。剛開始她覺得有趣，不過不久後便決定要控制這樣的能力。一來，她覺得濫用法力偷聽或偷窺別人的隱私是不道德的事。二來，她發現太多的雜音會干擾她修習法力，讓她不專心。所以很多時候她會像睡前關掉手機那樣，關閉這部分的力量。

今天下課時間看到曄廷、宗元和儀萱三人像往常一樣聚在樹下，以往她不會去聽他們的對話，只是在遠處觀察，但是昨天知道儀萱就是徐靜的後代後，她很難不想知道儀萱跟另外兩人的對話。她沉思了一下，決定先聽一小段內容，如果只是閒聊，那她就關掉法力。

沒想到，曄廷看到另外兩人的第一句話就是：「昨天我去『藝湛』，發生了一件奇怪的事。」

紫珊心裡怦怦跳，怎麼這麼巧？什麼奇怪的事？難道她對著陶鴨杯施法，被曄廷發現了？

「發生什麼事？」

「怎麼了？」

儀萱和宗元兩人好奇的問。

「其實不是我，是外公，」曄廷補充，「他說他收藏的一面唐朝銅鏡出現奇怪的黑影……」

紫珊仔細聽著曄廷的描述，銅鏡中出現黑影，已經詭異得讓人皺眉咧嘴了，沒想到，之後三人的對話讓紫珊更是驚訝得合不上下巴。

這些對話，衝擊著她的每一根神經，每一條訊息都令她震撼不已。

她一邊思考，一邊把聽到的對話整理一下，快速寫在手機備忘錄裡：

1. 儀萱知道自己是徐靜和子淯的後代，而且曄廷跟宗元也都知道。

2. 他們三人有法力。

3. 他們三人都知道月升，而且月升還活著，不僅這樣，他們跟月升還有方法聯絡。

4. 子淯當年沒死！而且還回來了！

5. 子淯需要附身在儀萱的身上，因為儀萱是他的後代，但是子淯好像又被他們三人打敗了（儀萱說一個月前），但是不確定是否還活著？下落不明。

6. 銅鏡黑影跟子淯的關係？

她打完這些字，發現不僅儀萱離開了，宗元也不見了，只剩下曄廷一個人。她猜，宗元可能去追儀萱了。

紫珊遲疑了一下，站起身來，朝坐在樹下抱著頭的曄廷走去。

「嗨！」紫珊儘量把口氣放輕鬆，「昨天謝謝你讓我去看展覽。」

「喔……」曄廷抬起頭，看到是紫珊，勉強擠出笑容，「不客氣，你昨天已經謝我很多次了。」

「有件事我想跟你說……」紫珊口氣遲疑緊張，不知道爲什麼，她有種小孩做錯事要坦白的感覺，明明就不是啊！

「喔？什麼事？」曄廷禮貌的問，可是明顯心不在焉。

這時候，上課鈴聲響了，同學們鬧哄哄的往各自的教室走去，紫珊知道現在不是講這件事的時候，而且這堂課上完就放學了。

「你可以給我電話，我晚上打給你？」紫珊漲紅著臉問，她看他略有遲疑，趕快補上一句，「關於陶鴨杯上面徐靜的法力。」

曄廷臉上的表情從疑惑轉成驚訝，他瞪大眼睛，紫珊忍不住覺得好笑，對他眨眨眼，走回教室。

上課的時候，曄廷傳來一張紙條，上面有個電話號碼。紫珊馬上記在心裡。

＊＊＊

今天放學後游泳隊安排了訓練，不過曄廷沒出現，可能忙著安撫儀萱，陪她走路回家。訓練結束後，紫珊去上了課後英文班，英文一直是她喜歡的科目，可是今天就是注意力無法集中，一直想著自己聽到的對話。她回到家時已經七點了，爸爸有應酬，只有她跟奶奶吃晚餐，奶奶問她要不要一起看電視，但她心裡惦記著跟曄廷的約，幫忙洗碗後，便推說自己要做功課，鑽回房間關上門。

強迫自己把功課做完後，她拿出手機，深吸一口氣。

「我是紫珊，現在方便講電話嗎？」紫珊打入一行字，才不到五秒鐘就有回應。

「可以。」

紫珊按下撥通鍵，那頭幾乎是同時接起來。

「喂？」曄廷熟悉的聲音傳來。

「嘿。」紫珊吸氣呼氣，讓聲音平穩不緊張。

「你說那個陶鴨杯……你說有事想跟我說？」曄廷問，可以聽出他努力壓抑著情緒。

「是。」紫珊頓了頓，之前想了半天要如何開口，但真正通上話，還是不知道從哪說起，「我昨天去『藝湛』，最主要是去看那個陶鴨杯。」

「有什麼特別的原因嗎？」曄廷問。紫珊從曄廷的語氣可以聽出他迫切想知道，卻又不敢催促的禮貌小心。

「你現在方便視訊嗎？我想當面跟你說。」紫珊問，她覺得看到曄廷的表情她比較容易開口。

曄廷想了一下，爽快答應：「好。」

紫珊快速檢視一下房間，還不算太亂，手一揮，用法力把幾件內衣送到衣櫥裡關上門，朝著鏡子瞄一眼，順順頭髮，然後打開鏡頭。

「嘿。」

「嗨。」

兩人平常在學校見面不常講話，前一天在「藝湛」才稍微多聊幾句，第一次視訊通話，還是覺得有點生澀。

「我想問你……」紫珊心裡有一堆問題，本來想問他怎麼會有法力？為什麼會認識月升？月升現在在哪？不過她想了想，要問對方問題，最好自己先開誠布公，這樣對方就算不是全盤托出，但是至少會卸下心防，願意多告訴你一些。

「我先跟你說一些我自己的事好了。我們家世代相傳一根玉簪……」紫珊緩緩道出事情經過。從自己家的祖訓，每代相傳的法力，到一個月前，玉簪上的法力忽然出現。

「一個月前，所以那天是……」曄廷聽到這裡，忍不住回推是哪天。

「就是儀萱拿到陶鴨杯上法力的那天，『藝湛』唐三彩展覽開幕的那天。」紫珊直接講了出來。

曄廷滿臉訝異。

紫珊繼續說出自己從玉簪上看到、聽到的事情。今天，因爲擔心儀萱，所以偷偷聽了他們三人的談話。說到這，紫珊馬上道歉，說自己不應該偷聽，不過也因此知道他們三人的祕密，所以想跟他聊聊。

曄廷越聽越驚訝，原來，紫珊就是鄭涵的後代！當年月升的五名弟子，現在有四個出現了，而且還都在同一間學校。

他也終於了解，爲什麼儀萱是徐靜的後代，但是子洧，甚至月升都沒有看出來，原來是鄭涵另外施法，蒙蔽了大家。更沒想到的是，當儀萱拿到陶鴨杯上的力量，鄭涵後代的力量也同時被觸發了。

紫珊看到曄廷不發一語，一臉凝重，不知道是不是不相信她的話？

「你要我證實給你看我有法力嗎？」紫珊盯著他的表情說。

「喔，你不用證實什麼，我相信你，不過，我的確滿想看看你有什麼樣的法力！」曄廷淺淺的一笑，眼睛帶著好奇。

紫珊受到鼓舞，她想了一下，手一揮，讓手機浮在空中，這是當年從引善跟子堃發明的「無憑無據小物橫飛法」延伸出來的，她讓物品除了在空中飛來飛去外，還可以固定在某個點。每當她要自拍，或是用手機追劇，這個法力很實用。

她讓鏡頭繼續對著她，空出兩手，右手再一揮，木盒裡的玉簪飛到她的手上，她舉到鏡頭前給曄廷看。

曄廷看到玉簪上的朱雀，他聽過儀萱描述鄭涵當年的武器就是一根朱雀玉簪。

紫珊對著玉簪一揚手，玉簪又飛回木盒裡。

這次，她先施法關掉房間的燈，然後胸口的玉墜亮起來，射出點點星火，整個房間顯得星光燦爛。

她的手再一揮，這些星火動了起來，在空中快速聚集，形成一隻朱雀的樣貌，通身亮橘色，非常美麗。朱雀在紫珊的法力催動下，飛了一圈。

她看曄廷眼裡帶著讚許，心裡很開心，這可是她第一次在別人面前施展法力呢。

「你們也有法力對不對?你們是怎麼得到的?」紫珊好奇的問，同時把法力收回。

曄廷點點頭，「是的，我和宗元、儀萱，跟你一樣，各自是月升其中一位徒弟的後代……」

曄廷也仔細的把他們三人遇到的事講給紫珊聽。

紫珊聽得目瞪口呆，想不到背後還牽扯到詩啊、詞啊、古畫，還有在「藝湛」看到的那些唐三彩。聽了曄廷的描述，整個故事像拼圖一樣慢慢拼湊起來。她跟曄廷之前各自有不了解的地方，如今在彼此的故事中，得到更完整的樣貌。

「你對外公在銅鏡看到黑影有什麼想法？」曄廷看著她問。他的眼睛晶亮，即使透過手機螢幕，還是可以清楚看出他想探究真相的那份好奇。

「鄭涵提過自己有一個師兄叫王冉奇，就是使用銅鏡，我覺得這不是巧合，你外公的銅鏡出現異象，應該跟子淯有關連。」紫珊想了想說。

「我也是這樣想，我覺得沒有那麼簡單。」曄廷認同她。

「只是，他怎麼找上你外公的銅鏡的？他還附身在你外公身上嗎？」紫珊問。

「沒有，這點我可以確定。」曄廷說。

「真的嗎？當初他附身在你外公身上，你們不也是沒有馬上認出來？」

紫珊的話讓曄廷動搖起來。

「的確有這可能，我們並不清楚他的力量，說不定，子滑在被我們逼出外公的身體後，找到什麼地方躲起來，想伺機再找外公下手。」曄廷開始覺得煩躁不安。

「如果他可以這樣做，那就能解釋爲什麼你去找外公的時候他都沒事，可能他可以來去自如。」紫珊做更多的推測，「對了，你外公的銅鏡就是王冉奇的銅鏡嗎？」

「不知道，」曄廷嘆一口氣，「之前只有我們三個，現在加上你，四個徒弟的後代都出現了，只剩下王冉奇的後代。得等到他現身，我們才能知道更多的訊息。」

紫珊點點頭。

「不知道王冉奇的後代是不是也在臺灣？」曄廷提出問題。

「我覺得非常有可能。」紫珊想了想，「我剛剛提到的玉冊曾顯示一幅地圖，上面有一座海島，鄭涵並沒有說是哪裡，可是位置和形狀看起來就是現在的臺灣。如果闇石的力量超過月升所估計，當時月升以爲自己制伏了它，事實上還是緩緩的在釋放力量，那麼闇石就有可能在冥冥之中，引領這五位徒弟的後代來到臺灣。」

曄廷思考著她的話，「也有可能是月升的力量一直跟闇石緊密相連，她徒弟們的後代無意間跟著這個力量來到臺灣。」

紫珊點點頭，「不管是石頭吸引人來，還是人追著石頭來。總之，我們的祖先唐朝時聚在中原土地上，而現在我們剛好都在臺灣，這絕對不是巧合。所以王冉奇的後代，我猜也是在臺灣，搞不好又是我們的同學呢！」

兩個人不約而同在腦中掃過一些可能的同學面貌，兩人同時笑了一下。

「對了，你剛剛說，月升目前在一幅畫裡，是哪一幅？」紫珊好奇的問。

「是《搗練圖》，目前收藏在美國波士頓美術博物館。」曄廷回答，「你知道這幅畫嗎？」

紫珊搖搖頭。曄廷並不驚訝這個回答，現代人對古畫的了解越來越少，他自己也是因爲巧合才進入畫境的。

「想不到，她就這樣從唐朝活到現在，但是都一直在畫裡。」紫珊感嘆的說。換作她自己，願意用一輩子活在畫裡，換得長生不死嗎？應該不願意吧？

「而且還堅持保護闇石的力量。」曄廷再補充一句。

「也眞難爲她……」紫珊想到什麼，「你覺得，我是不是應該去見她，告訴她發生在我身上的事？」

「我也這麼想，」曄廷的眼睛再度亮起來，語氣充滿期待，「如果你不介意的話。她知道自己的『隱靈法』順利一代代傳下去，應該會很高興。」

紫珊苦笑一下，「也不是完全順利，鄭涵就更改了子堃的法力，儀萱的狀況才那麼特殊。」

講到這裡，曄廷亮起來的眼光蒙上一層黯淡，他眉眼低垂，「我很想跟月升講子湞的事，還有儀萱就是子湞後代的事，可是儀萱反對。」

「聽起來她很排斥？」紫珊小心的問，不想顯得自己是在挑起兩個人的矛盾。

「她從徐靜那裡認識月升，認定月升是充滿邪惡念頭的壞人，可是我直接跟月升接觸，她教我練法力，帶我進畫境，我也在畫境中救了她，我可以感覺到，她就是一心一意想把闇石的力量控制住。」曄廷苦惱又眞誠的說。

「我想到鄭涵說的一件事，當年張萱把月升畫進畫裡後，柳子夏寫了一首詩在畫上，這首詩具有法力，可以保護這幅畫平安無事，但是如果月升的法力完全恢復，卻心生惡念時，這幅畫就會自動燃燒銷毀，讓她永遠活在畫的世界裡，而柳子夏的詩句會覆蓋她邪惡黑暗的記憶，讓她平靜的在畫中長生不老。所以，儀萱說的話也不是編出來的，柳子夏會有這樣的顧慮，相信他們也知道徐靜說的話是真的。」紫珊說。

曄廷露出恍然大悟的神情，「沒錯，月升告訴過我，《搗練圖》的原畫被燒毀，她現在所在的畫作是宋徽宗的臨摹版本。所以當時一定發生了什麼事，導致原畫被毀，後來柳子夏的法力讓她失去這部分的記憶，所以她後來告訴我的，和儀萱從徐靜那裡看到的有了出入。」

「很多事情就是這樣，不能單憑一個人的話，或是一個視角。你看，我聽到的也只是片面的訊息，要不是你講了你跟宗元和儀萱的部分，我還不知道有這麼多複雜的故事呢！而同樣一件事，不同的人也會有不同的感悟，接受的角度不同，反應也就不一樣了。」紫珊若有所思的說。

「是這樣說沒錯，不過一來，月升現在沒有惡念，二來，她的本意也只是不讓闇石的力量流入壞人的手裡。對，她不完美，但是徐靜就完美嗎？子淯就更不用說了。這兩人一心貪圖闇石的力量，陰險惡劣，不擇手段的野心這麼明顯，儀萱怎麼能沒看到？」曄廷侃侃而談，紫珊可以感覺到，今天曄廷說的一些話，他不敢跟儀萱說，但是已經放在心裡一段時間了。

紫珊本來想問曄廷什麼時候可以帶她去畫裡找月升，不過看他現在苦惱的樣子，好像不是滿足自己好奇心的時候。

「你再跟儀萱多溝通吧！」紫珊衷心的說，她不希望曄廷跟儀萱鬧僵，而且如果要對付那個千年不死的子淯，他們四人一起合作的勝算絕對比較大。

曄廷沒有回話，他眉眼一低，嘴角一抿，表情無奈。

紫珊再度壓下想去畫境的念頭，跟曄廷道晚安，叫他先不要想太多，明天再跟儀萱慢慢聊。

明天再說吧！她也跟自己這樣說。

＊＊＊

曄廷放下手機，同時也把自己放倒在床上，重重噓一口氣，把剛才聽到的故事，還有自己、宗元和儀萱遇到的事，在腦海裡重新組合歸位，之前缺少的拼圖，都找到了合理的解答。

只剩下王冉奇的後代了。不過他相信，這個人不管是誰，應該很快就會出現。

讓他比較擔憂的是，紫珊提到子涓可能又附身在外公的身上，這個推測的確有可能，不然怎麼那麼剛好，是外公發現銅鏡裡的黑影？儀萱也說過，當年子涓會「分影法」，那個黑影很可能就是他！外公有可能是在子涓用「分影法」跑進銅鏡時，才恢復了意識，打電話跟他說這件事。

他再度拿起手機，時間很晚了，不適合打給外公，打草驚蛇也不好，子涓不可能讓外公洩漏祕密，要另外想辦法。

他先查看一下簡訊。儀萱還是不理他，放學時他想要陪她走回家，她堅持不要，也不跟他說話，傳了幾則簡訊都沒讀沒回。他不禁跟著動氣，這人怎麼這麼不講理啊？

他想了想，打開「仙靈」群組，輸入：「我有重要的事要跟你們說，明天下課時老地方見。」

等了幾分鐘，手機通知響起，他打開來看，是宗元。

「好。」

儀萱沒有回應，已讀人數只有一。

曄廷關上手機，不再理會。

有什麼事明天再說吧！

18

柳宗元來到大樹下時，看到曄廷跟紫珊在一起，還有說有笑的，愣了一下。

昨天儀萱懊惱跑開時，他追了上去，有義氣的陪她罵了曄廷幾句，讓她氣消了一些，還在有點不甘願的心情下，勸她再跟曄廷多聊聊。儀萱翻了好幾次白眼，勉強跟著宗元走回樹下，結果遠遠就看到曄廷跟紫珊在樹下聊天。

「你還叫我去跟他好好說話，人家已經有人陪著好好說話了！浪費我的時間！」儀萱把氣發在宗元身上，瞪他的目光像兩道雷射光般嚇人。

宗元無緣無故被當成炮灰，摸摸鼻子有點無奈。

放學時儀萱不要任何人陪，只拉著玲甄一起走。

晚上宗元收到曄廷在群組的訊息，想說這小子應該是準備好好道歉的吧！沒想到今天依約來到樹下，這兩個人又黏在一起。

「儀萱呢？」曄廷劈頭就問。

「她今天請假，說是生病了。」柳宗元悶悶的說。

「那……我的事，要現在說嗎？」紫珊轉頭問曄廷。

宗元一聽睜大眼睛。

「你說有事找我們，就是要說你們在一起了？」宗元毫不掩飾，忿忿的說。

「你亂說什麼！」曄廷皺起眉頭。紫珊只是冷冷的看著他，沒有說話。

宗元被她一看，氣勢瞬間少一半，怎麼女生瞪人的眼光都那麼有力道啊？

「到底有什麼事？」宗元放低音量問。

「她是我們班的轉學生，梁紫珊。她是鄭涵的後代。」曄廷說。

宗元剛聽到「鄭涵」還沒馬上會意，花了兩秒鐘才反應過來曄廷在說什麼。他驚訝的轉頭看著紫珊。

紫珊表情不變，口氣平穩的把前一天晚上告訴曄廷的事再述說一次，不過這次當然沒有展現法力。

宗元的下巴幾次合起來又掉下去，彷彿今天的地心引力特別強勁。

「難怪沒有人看出儀萱是誰的後代，好複雜的故事。」宗元終於順利合起下巴，說出完整的句子。

「是啊，你猜那麼多次，沒有一次是對的。」曄廷瞪了他一眼。

宗元吐舌苦笑。

「對不起，我還以為你們在一起了，儀萱也誤會了。哈，抱歉啦。」宗元搔搔頭。

紫珊笑了笑，她覺得宗元的個性直接，有點天眞白目，不過是個容易相處的人。

「嗯。」曄廷抿抿嘴不置可否，「我比較擔心外公，我們覺得子涓可能還是附身在外公身上。」

「那怎麼辦？我們今天放學再一起去找你外公好了。」宗元說。

「如果儀萱身體好一點，叫她也一起來吧。」紫珊說。宗元再多看她一眼，彷彿想確定她跟曄廷眞的沒有什麼。

「好，我來問她。」宗元說。

從曄廷臉上訕訕的表情看來，儀萱打定了主意不理曄廷，她生病請假的事他也不知道，是宗元說才曉得的。紫珊開始有點同情曄廷。

「好，那放學後見。我們一起過去。」曄廷打起精神說。

＊＊＊

放學後，紫珊跟著曄廷來到校門口，只看到宗元一人。

「儀萱不來？」曄廷沉著臉問。

「對，她說她不過來。」宗元明快的說。

曄廷的臉色明顯不好，像是有人打了他一拳那樣。

「儀萱可能眞的很不舒服。」紫珊幫忙打圓場。

「那希望她快點好起來。」曄廷語氣陰鬱。紫珊覺得他一語雙關，除了身體好起來，心情也要好起來。

「走吧！」宗元輕快的說。

他們一路上討論著外公銅鏡的異樣，宗元又提出七百八十九種假設，紫珊聽了忍不住大笑。

「你也太好笑了！連《西遊記》的照妖鏡都出來了！」紫珊笑著搖頭。

「我是認眞的，說不定外公收藏了孫悟空的照妖鏡，所以才看到黑影。」宗元說得振振有詞。

「照妖鏡不是孫悟空的吧？我記得是托塔李天王。」紫珊斜睨他一眼。

「叫你要多看書你不聽。」曄廷拍拍宗元的肩膀。

「有啊！我最愛『魔幻仙靈』系列了，每本我至少看五遍。」宗元語氣驕傲的說。

「眞的？我也喜歡『魔幻仙靈』耶！」紫珊很開心能找到同好，對宗元的好感又增加不少。

三人說說笑笑來到「藝湛」，當外公的辦公室門打開時，紫珊驚訝的發現儀萱坐在裡面。

曄廷的表情也是非常驚訝。

紫珊轉頭看了宗元一眼，果然，他一副早就知道的樣子。

「你們問我儀萱會不會到校門口，我說她不過來沒錯啊！」宗元一副理所當然的表情，同時對著儀萱咧出一個大笑臉。曄廷瞪他一眼。

「你們來了。」儀萱看著大家微微一笑。

紫珊覺得儀萱看自己的眼神似乎不一樣。她很肯定，宗元一定有跟儀萱說「你不去的話，人家紫珊會去喔！」之類的話。

「外公，這是我的同班同學，梁紫珊。她也是當年月升徒弟之一的後代。」曄廷大略說了事情經過。紫珊斜眼看儀萱臉上沒有驚訝的樣子，看來，宗元也把這件事告訴了儀萱。這樣也好，她不用像牛反芻一樣，一遍又一遍的重複鄭涵的事。

「原來這麼曲折啊！」外公感嘆的說，接著像是想起什麼事問道：「你父親經營玉店，是『琌』嗎？」

「是啊，您聽過？」紫珊覺得有意思，不過想想也不意外，古玉也是古物，兩人有交流也是很平常的。

「我認識你父親，梁敬珊，我這裡有幾塊古玉，曾經拿給他鑑定過。」外公微笑的說，「想不到，我們的祖先曾經是師兄妹，可是到你們這代才知道這層關係。」

「也是因爲子湑的關係，啓動我們的潛力才發現的。」曄廷點了一下頭。

「只有我不是，因爲鄭涵改變了『隱靈法』，所以沒人看出我是誰的後代。」儀萱聳聳肩，不過語氣有著濃濃的「都是鄭涵害的」意味。

「鄭涵沒去救子堃，今天就沒有你。」這句話閃過紫珊腦海，但是她什麼也沒說。

「你還好嗎？宗元說你生病了。」曄廷看著儀萱說。其他人的眼光也看向她。

儀萱直直的看著曄廷，臉上漾起笑容，「謝謝你，你最關心我了。當年，張萱也是最關心徐靜。」

紫珊跟儀萱不熟，不知道她平常講話的態度，但這兩句話很有宣示主權的意味，而且還拉出祖宗八百代的關係，讓人很難忽視。紫珊斜眼看著宗元和曄廷，他們的表情也顯得微微的尷尬和不習慣。

紫珊不擅長處理這樣的人際關係，不知道要不要表示什麼，只好不發一語。

「如果你覺得好多了，我們可以一起討論外公銅鏡的事，我擔心子消是不是還附身在外公身上。」曄廷回應，就事論事的口氣讓儀萱的臉垮下來，紫珊心裡也暗罵一聲，曄廷也太不體貼了！

不過大家的眼光這時換到外公的身上。

「上次他離開後，就沒有再回來了，我感覺得到。」外公說。

「我們擔心，他有辦法來去自如，而不讓人察覺。」宗元說。

「我說過，子消已經消失了，不會是他。」儀萱口氣帶著不耐煩。

「我怕他會再回來。」曄廷說，「我在外公身上施了保護的法力，可是如果子消要附身，他不會傷害外公，這法力恐怕沒有太大作用。」

「那我唸兩首詩恐怕也不行。」宗元抓抓頭說。大家都噗哧一笑。

紫珊想到一件事，「鄭涵在陶鴨杯上施了法力，只要徐靜的後代遇到陶鴨杯，玉簪上的法力就會被啓動。或許我也可以效法，同時在外公的身上，還有我的玉墜上施一個類似的法力，只要子滑試著想進入他的身體，玉墜就可以讓我知道。」

「就好像啓動警報器那樣，帥耶！」宗元豎起大拇指，對紫珊咧嘴一笑。

「這個主意不錯。」曄廷點點頭，「如果外公不排斥的話。」

「沒問題。我也不想再被附身了。」外公爽朗的說。

大家都這麼說，儀萱也只能撇撇嘴，沒有反對。

第一次在這麼多人面前施展法力，紫珊有點緊張，她在對外公施法前，先悄悄對自己施法，讓自己穩定下來。

她執起外公的手，感受他體內的力量，外公也同時感受到紫珊的力量。

紫珊一手拉著外公，另一手一揚，只見胸口的玉墜飄浮起來，像是點燃煙火那樣，細細碎碎的星火從玉墜升起，在空中形成一隻朱雀的模樣，朝著外公飛去。

紫珊感到外公的手微微一震，可能有些害怕，她趕快傳過去一些法力。外公感到一股溫暖的氣息，同時這些朱雀星火也籠罩全身，並沒有任何不適。

「深呼吸。」紫珊輕聲的提醒。外公照做，一個呼吸間星火消失，玉墜回到胸前，紫珊緩緩放下外公的手。

「好了，之後如果有什麼奇怪的力量想要進入外公的身體，我的玉墜會讓我知道。」紫珊說。

「謝謝紫珊。」外公微笑的說。

「那面銅鏡，後來影子還有出現嗎？」宗元好奇的問。

「沒有。」外公把銅鏡拿給他們輪看。每個人拿在手中傳閱，正面背面看了幾遍，都沒發現什麼異樣。

「說不定那天是我眼花。」外公輕鬆的說，但是大家都知道不是這樣。

他們四人確定外公沒事，跟外公又多聊了一會兒才離開。

「要不要一起吃飯？我好餓啊！」宗元嚷著。

「前面有一間日式簡餐還不錯。」曄廷說，他看了儀萱一眼，她點點頭。

「好啊！」

「我都可以。」

另外兩人也沒意見。

四人來到一間位於二樓的餐廳，他們選靠窗的位置坐下，此時人不多，環境靜雅。

「你說你也喜歡『魔幻仙靈』？你整套都有買嗎？」宗元轉頭問紫珊。

「當然有啊，」紫珊笑笑的說，「這套書一定要收藏。我每天都要翻，一天沒看就渾身不舒服。」

「啊，對不起，讓你最近都沒辦法看到了。」曄廷語氣充滿抱歉。

「沒關係啦，我後來又去買了一套。」紫珊笑了笑。

「什麼？你又去買一套？」宗元說。

「哎呀，真不好意思……」曄廷說。

紫珊揮揮手，「沒關係啦！可是我還是要我的作者簽名版喔！」

「當然當然，明天我就帶去學校。」曄廷說。

儀萱不耐煩的打斷他，「你們在講什麼？」她來來回回看著曄廷跟紫珊。

紫珊這才發現，儀萱不知道她借書給曄廷的事。兩人稍微沉默了一下，好像做錯事一樣心虛。

但紫珊又皺眉心想，幹麼心虛啊！於是她口氣平和的說：「喔，上次作者來學校演講，我把書借給曄廷，不過我實在很喜歡這套書，所以又去買了一套。」

「哇！那你真的是鐵粉耶！」宗元豎起大拇指，沒有注意到儀萱在瞪他。

「我看你還是快把書還給人家，省得人家一直放在心上。」儀萱對著曄廷說。紫珊覺得她後面四個字講得特別用力。

「我沒有放在心上，」紫珊直直看著儀萱，「我剛說了，我另外買了一套，我不會對不在自己手上的東西耿耿於懷的。」

儀萱張嘴還想說些什麼，這時候店員送上餐點飲料，談話的氣氛被打斷，熱騰騰的食物的熱氣也緩和大家的情緒。

大家一邊吃，一邊閒聊。

「紫珊，你說那份玉冊現在在臺灣故宮？」曄廷問。

「是啊，在南院。」紫珊說。

「你知道後去看過嗎？」宗元問。

「有，我上週末去看了，就是那份玉冊沒錯。」紫珊回答。

「我也想看。啊，我們可以找一天一起去看！」宗元說，「如果我們的責任就是對抗闇石的力量，確保闇石不讓子淯或其他人拿到，那我們至少要知道它現在在哪！」

「我們要去找闇石？」曄廷皺眉，「這個東西的力量太大，當年鄭涵也沒有去找它，我覺得，還是不要讓闇石再現比較好。」

「但是現在不是我們要不要它再現的問題，而是它的力量，牽引著太多人跟事，我們不能假裝它不存在。」儀萱說。

「而且我們只是去了解它在哪，沒說要去挖出來啊！」宗元說。

紫珊聽他們討論，低頭抿著吸管，慢慢喝著飲料。他們四人各自擁有不同的法力，但是，能啓動玉冊，把玉冊排列到對的位置的只有她，也就是說，如果想要知道闇石的下落，只有她能解開這個謎。

她要帶他們去看玉冊嗎？

紫珊保持沉默，讓另外三人看向她。

「你……會希望我們跟你一起去看玉冊嗎？」曄廷小心的問。

「我們四個人，應該說四個後代，好不容易相認，當然要一起行動，一起對付子涓啊！」宗元說得理所當然。

「是嗎？」紫珊輕聲低語，但是大家心中一凜，對啊，有誰規定他們一定要一起合作？

「我知道你們三人之前面對很多事，但是，鄭涵給我的指示，並不是去把其他後代都找齊，她只是要我去找徐靜的後代。」紫珊看了儀萱一眼。

「找我做什麼？要敘八百年前的師姐妹之情，還是跟我懺悔你們拿走陶鴨杯不還？當然不是，」儀萱冷哼一聲，「她只不過怕我跟你搶闇石的力量。」

「她當年沒去找闇石，現在也沒有要我去找。」紫珊儘量語氣和緩的說。

「所以她要你當保母，監視我不要去拿闇石的力量？」儀萱語氣尖銳。

紫珊提醒自己，儀萱有意挑釁，自己不要跟著攪下去了。

趁紫珊沉默的空檔，曄廷趕緊開口。

「鄭涵想阻止闇石的力量重現，月升的用意也是，所以我們的目標其實都是一樣的。」曄廷說，「如果，我們可以彼此幫忙，甚至一起找出第五個弟子的後代，一定更能阻止子涓拿到闇石的力量。」

紫珊明白曄廷的想法，他是第一個從月升那裡聽到整個故事的人，對於月升的期待自然毫不猶豫的接受。就像她從鄭涵口中聽到時一樣，自然也是把鄭涵的話當成準則。

但是，她該就這樣加入他們嗎？先不說自己想不想，眼前儀萱處處不友善，把她當假想敵。儀萱會希望她加入嗎？

「單是我們四人現在可以碰在一起，這就不是簡單的事，」宗元接著說，「我們一定要保持資訊暢通，對了，我們三人有個LINE群組叫……」

「紫珊如果不想要和我們合作，那就不要勉強。」儀萱打斷宗元，臉上堆滿微笑的說，「之前我們也制止了子淯拿到五件陶器上的力量，阻止他破壞詩詞古畫，沒有問題的。」

紫珊雙脣緊閉，緩緩站起來，她看著大家說：「我吃完了，我先回家了。」

她不等其他人的反應，把錢放在桌上便轉身離開。

19

儀萱讓她很不舒服。

紫珊躺在床上，她熄了燈，讓胸口的玉墜浮在空中，此時玉墜散出無數的小星火，小星火一下子聚成朱雀狀，一下子散開像是夏天的銀河，細細碎碎的光點籠罩整個房間。

儀萱把她當假想敵，不想她加入，不想她靠近曄廷，這些她可以理解，不過儀萱讓她不舒服的不只這些。

儀萱整個人給她一種陰沉的感覺，尤其是她的影子。

在「藝湛」時她就覺得怪怪的，可是說不上哪裡怪。他們走去餐廳的路上，街燈車燈穿插打在每個人身上，在腳邊拉出長長的影子，她才發現，儀萱的影子比其他兩人的影子顏色更深，更沉。

他們抵達餐廳時，紫珊也特意觀察，在LED燈光的投影下，儀萱身後的影子又黑又濃，可是其他兩人都沒注意到這件事。她很想拿手機出來拍照，可是當時氣氛完全不對，她沒機會這樣做。

爲什麼會這樣？只是因爲她是徐靜的後代，所以不同嗎？還是子涓附身到她身上了？紫珊忍不住猜想。應該沒有，不然子涓早就拿到徐靜所有的法力了，不會繼續坐在那跟大家一起閒聊。

但是那如墨色一樣深的影子，是怎麼回事？

她翻身從床頭櫃上撈起手機，本來想問曄廷有什麼想法，但是這個時間已經晚了，她自覺跟他的交情還不到可以隨時傳簡訊的程度。

明天再問好了，她也想問曄廷可不可以帶她去畫境裡找月升。從上次偷聽他們三人的談話內容看來，儀萱顯然很排斥去見月升，說不定曄廷可以私下帶她去。

她並不是想找機會跟曄廷單獨相處，或是跟他培養感情，純粹就是想去看看畫境，光是想像進出畫境就覺得很神奇，而且可以看到鄭涵的師父月升，跟她講話。月升不像鄭涵，法力只維持到講完話就消失，根據曄廷描述，月升可是活生生的人啊！

她希望去見月升，而且一點也不想聽儀萱的冷言冷語。曄廷第一次提到月升時很興奮的說可以帶紫珊去看她，可是後來沒再提起，不知道他還願不願意？

紫珊想東想西，最後決定先睡吧！她在合眼前，用法力感受胸前的玉墜，曄廷外公那裡並沒有傳來任何動靜，看來外公沒事。

紫珊打個呵欠，手一揮，熄掉玉墜散出來的星點，兩眼四扇睫毛相遇，也合上眼裡的光芒。

＊＊＊

下課時，紫珊朝大樹走去，曄廷、宗元和儀萱都在。她微微一愣，他們和好了？這樣很好，只是這樣她該如何跟曄廷說儀萱影子的事？還有想去畫境的事也不好提起。

紫珊目光投在儀萱的腳底，現在他們在樹下，樹的陰影讓大家聚攏在一起，每個人的影子都融進樹影裡，但是仍然可以看出儀萱的影子特別明顯。

「你有什麼事嗎？」儀萱面帶微笑客氣的問，但是刻意表現出生疏，把紫珊隔離在外。

「……」紫珊一時想不出好理由，愣在那裡。

「昨天外公還好嗎？」曄廷有點緊張的問，他以為紫珊過來是要說外公的事。

這倒是給了紫珊一個接近他們的理由，她在心裡暗暗感謝曄廷。

「我昨天睡前跟今天早上都感應了一下，沒事，我設在你外公身上的法力沒有被啓動。」紫珊說，「子涓沒有趁我們不在時，進到他的身體。」

「那就好。」曄廷鬆了一口氣。

「太好了！有你在，我們安心很多。」宗元也開心的咧著嘴笑。

「那如果沒事的話，我們還有事要談。」儀萱依舊保持客氣的笑容，但是語氣已經在趕人了。

紫珊忽然一股氣上來，不想再被儀萱的情緒支配得左支右絀，她看著曄廷直接說：「你覺得，月升會不會想要見到我這個鄭涵的後代？你能不能帶我去見她？」

「月升在畫境裡，我覺得不要再去打擾她比較好，你不是也說，柳子夏曾用法力改變她的一些記憶嗎？現在就讓她在裡面平靜的生活吧！」儀萱搶著在曄廷開口前說。

「你不想去畫境，是不是也不應該阻止別人進去？」紫珊迎著她的目光，語句堅定的表示她的態度。

宗元看著兩人對話，揑把冷汗。

「誰說我不去的？」儀萱冷冷的說，「曄廷，我要你帶我去找月升。」

儀萱的轉變讓大家都嚇了一跳，曄廷一時不知道如何反應，之前每次跟她提到這件事，兩個人免不了意見不合，有時還會吵起來，現在她答應要去，不知道只是跟紫珊賭氣，還是說眞的。

「好……好啊，明天星期六，你們來我家，我們四人一起去？」曄廷看著另外三人問。

「沒問題。」儀萱馬上回應。

其他兩人看到她回得這麼肯定，也都點頭說好。

＊＊＊

子滑被逼得離開蘇季風身體後，他感到一股吸力，要把他騙到陶娃上。之前他被張萱打成重傷，無奈之下才依附於陶娃，在裡面蟄伏了上千年，直到徐靜幫助，才讓他重見天日。這次這幾個小孩想要用法力逼他進入陶娃，那就不一樣了，他們會用法力封住他，也不會再有第二個徐靜幫他脫身，只要一進去，他就沒有翻身的機會。

那個瞬間，他沒辦法慢慢思考對策，電光一閃間，他想到自己的巫術，那個讓他突破空間的限制，來去詩境、詞境、畫境的古老力量，還有他在「分影法」上的造詣。於是，他努力掙脫這些孩子們的法力，用盡最後一點點的精力，在沒有形體，失去視覺、觸覺、聽覺的情況下，他找到一個影子，這個影子可以接受他的力量，讓他投身其中，把希望寄託在這個影子裡。

這是什麼東西的影子？會是會場裡哪一個唐三彩展品嗎？好像不是。他看不到，聽不到，但是他可以感覺這個影子在動。

會是蘇季風的影子嗎？還是那三個小孩其中之一的影子？可不要是一隻蒼蠅的影子就好。

他不能確定。但是他有耐心，還有來自婦好的巫術，他一定要認眞練這個力量。剛開始，他不知天日，沒有時間感，影子裡只有一片黑暗，一片靜謐，一片荒蕪。但漸漸的，他的耐心得到很好的回饋。首先，他開始有一點聽覺，雖然只是一些嗡嗡聲，模糊不清，但是可以知道是人世間的聲音。

然後他聽到附著的那個影子的聲音。一樣不清楚，辨別不出身分。

又過了幾天，他發現自己可以聽到更多了，一個句子大概只能收到兩、三個字，零零碎碎的，不過讓他無比驚訝的是，他用「分影法」附著的影子，居然是儀萱的影子。

儀萱！

怎麼又是她？他幾次要殺她不成，現在居然賴在她的影子裡了，眞是諷刺。除了繼續努力把自己的力量養回來，他還有一件重要的事，就是找到自己的後代。徐靜留給他的法力終有一天要拿回來，在那之前他得找到這個後代。有形體，有法力，才好做事。

他左思右想，實在不知道該如何找起。之前他還有形體時，面對人海茫茫都不知道從哪下手找人，更何況現在困在一個影子裡面。

他不斷回想徐靜說的話，還有她給自己的建議，看看能不能有新的想法。一天，他發現儀萱除了因爲光線投射而產生的影子外，還有另一個「影」，子滑花了點時間才弄清楚，那是「鏡影」，是儀萱照鏡子時，在鏡子那頭所形成的影子。

子滑抱著好奇心，再度用「分影法」，把一部分的法力分到鏡子裡去。他在鏡子裡遊走，那又是另一個奇幻的空間，雖然不知道可以怎麼利用，但是他很高興，他的力量又進步了。多一個地方可以去，總是多一個機會，就像當時去詩境、詞境，或是畫境那樣。當然，這次不能像之前那樣輕忽這些小孩的能力，要更加的謹慎小心。

就在這時候，他想到起一件事，徐靜曾經提到他們幾個師兄妹所修習的法力：柳子夏法力屬木，擅長文字詩賦；張萱法力屬水，擅長人物畫；王冉奇法力屬金，他的鏡子可觀異象；鄭涵法力屬火，她的法力貫通玉石。

他想到當年在滑州的明華寺遇到月升一行人，除了年少的徐靜外，其他四位都跟他交過手。先是柳子夏單獨一人被他困住，最後他不敵另外三人和月升悄然退下。有了這些經驗，之後再聽徐靜敘述他們在山上的修習過程，他大概了解每個人的特質高下。

徐靜說過，王冉奇的鏡子可以看到常人看不到的東西，像是小鹿腹中的異物，徐靜曾擔心，他的鏡子既然可以洞悉事物，也能夠看出人的本質，照出她的心緒。

他趁儀萱照鏡子的剎那，進到鏡影裡，不過他的力量還不夠，並不能隨意行走。

又修習了好幾天，他再度進去儀萱的鏡影裡，此時有道光影出現，他不自覺隨著這道光而去。他驚訝的發現自己在一面古老的銅鏡裡，就像可以感受到那是儀萱的影子那樣，他也可以感受到，鏡子的另一頭是蘇季風。

想來這也是很合理的事。蘇季風收集很多古物，他曾看過蘇季風的收藏中有銅鏡。這種古老的銅鏡本來就累積了千百年的力量，加上他曾經附身在蘇季風身上，跟這人有了連結，所以當蘇季風的影子倒映在鏡子裡時，他的分影就被牽引過去了。

不知道，自己的影子有沒有顯現在蘇季風的銅鏡上？現在不能引起別人的注意，時候未到，於是他趕快離開，也不再到鏡子裡隨意走動。

他的資質本來就高，加上千年的蟄伏，日復一日的修習，他的巫術力量越來越強，這是之前沒有過的經驗，令他非常開心。

他一邊忙著努力修習法力和巫術，同時也注意周遭的變化。

這天，他發現儀萱在跟人講話，雖然他還是完全聽不到其他人的話語，但是儀萱的聲音越來越清楚。

「你有什麼事嗎？」這是他第一次聽到完整的句子。他聽不到對方的回答，但是他很高興自己的法力和巫術進步那麼多。

「那如果沒事的話，我們還有事要談。」儀萱的話過一會兒又傳來。

不知道她跟朋友在談什麼？子淯專心的聽著，沒想到下一句話令他大吃一驚。

「月升在畫境裡，我覺得不要再去打擾她比較好，你不是也說，柳子夏曾用法力改變她的一些記憶嗎？現在就讓她在裡面平靜的生活吧！」

月升在畫境裡？他曾經多次進出畫境，還把一部分的力量附在大骷髏上，居然不知道月升就在畫裡。是哪一幅畫呢？

一定是張萱的某一幅畫。當年，徐靜爲了保住他的性命，留月升一條生路。張萱肯定把月升畫進了畫裡，讓她躲起來療傷。

儀萱說柳子夏曾用法力改變月升的記憶，恐怕也用法力層層保護月升，所以他才沒認出來哪個是她。把前後的細節連貫起來後，他再度恍然大悟，那個被大骷髏帶走的畫仙，肯定就是月升！

想到自己抓到她又讓她逃走，他非常氣惱。月升可是唯一知道闇石下落的人。

不過儀萱說，月升的記憶被改變，她還會記得闇石在哪嗎？不管怎樣，如果有機會再度進去畫境，他一定要去找月升。

想到跟闇石越來越接近了，他心裡無比的期待。

「儀萱，你一定要去畫境，我們一起去找月升！」子淯全心全意把這個想法用法力傳送出去給儀萱。

不多久，儀萱的聲音再度傳來，「誰說我不去的？曄廷，我要你帶我去找月升。」

乖孩子，就是這樣！子淯開心的想著。

20

紫珊手握著胸前的玉墜，深呼吸幾次，這實在太不可思議了！明天，她會進入畫裡，而且會跟鄭涵的師父見面，家族世代相傳的故事將在她身上得到印證。

她正準備關掉手機好好睡一覺時，手機震動了一下，有一個新的群組邀請，叫「四個後代」。

曄廷：歡迎加入新群組，有重要的事討論。

紫珊考慮了一下，這麼晚還成立這個群組，曄廷一定想討論明天去畫境的事，她看儀萱和宗元先後加入，也按下「接受邀請」。

宗元：這個群組名稱也取得太遜了吧！（翻白眼表情）

儀萱：大詩人有意見喔。（竊笑的表情）

曄廷：哎呀，意思到了就好。

紫珊：宗元有什麼好建議？

宗元：四平八穩。四面楚歌。名揚四海。四大皆空。

紫珊：你這樣顛三倒四，不三不四的，也沒比較好！

宗元：不錯，紫珊跟我一樣會說三道四！（擊掌表情符號）

儀萱：不是丟一堆「四」的成語就比較強好嗎？而且還用錯！我覺得四個後代很直接、很貼切。

宗元：反正曄廷不管說什麼，儀萱絕對不會挑三撿四的！

儀萱：（瞪人的表情符號）

曄廷：好啦，有些事我想跟你們討論。

宗元：有「四」快說。

紫珊：（大笑表情）

曄廷：明天我會帶你們去畫境，早上十點來我家。

儀萱：好。

宗元：OK！

紫珊：沒問題。不過你要小心宗元可能早上四點就過去喔！

宗元：紫珊怎麼知道我的計畫？（大驚）

紫珊：小意「四」啦。

儀萱：你們有完沒完啊！（不耐煩表情）讓曄廷講完。

曄廷：我們進去畫境後，先去找畫仙。我覺得，子淯回來的事，要跟她說一下。

紫珊：你擔心子淯會去害她？

曄廷：他心心念念想要闇石，如果他知道畫仙就是月升，而且現在還活著，一定會再去找她，逼問闇石的下落。

宗元：那儀萱是子涓跟徐靜後代這件事，要不要說？

紫珊：要說子涓回來，卻不說儀萱的事，恐怕很難解釋一些細節。

宗元：儀萱，你自己覺得呢？

曄廷：我們答應過你不說這件事，但是既然你答應跟我們一起去找畫仙，那我們就得討論一下。

紫珊可以感覺到儀萱的猶豫，一段時間後才看到她的回應。

儀萱：還是先不要說好了。

紫珊：你擔心她會想殺你？

儀萱：她不會容忍自己的「隱靈法」有瑕疵的。她之前已經做過一次了，不是嗎？她派其他的徒弟逼徐靜殺死自己的小孩，那小孩還什麼都不懂呢！你們想想，她若知道子湑不僅回來，他的後代還承襲徐靜全部的法力，而且子湑無時無刻都想找到這個後代附身，好壯大他的力量，月升還會讓我好好活著嗎？恐怕不會讓我太好死的。到那時候，你們會阻止她殺我呢？還是幫她殺我？

宗元：廢話！當然是阻止她殺你啊！

曄廷：或許我們可以幫忙解釋，讓她知道你是怎樣的人，這樣她就不會對你動手。

儀萱：最好是這樣啦！

紫珊：我有個想法，我們這次先不說，只說子湑回來的部分，我也只提鄭涵是我的祖先這部分就好，看月升反應如何，日後有機會再看看怎麼做。

儀萱：（微笑）謝謝紫珊。

紫珊看著文字，可以感受到儀萱對她的態度比較和緩了。不要說儀萱和她是同校的同學，她怎樣也不會去殺她或看著她死，而且鄭涵當時爲了保住子埅用心良苦，怎能讓月升再對她下手？

曄廷：好，那就暫定這樣。

紫珊：另外，鄭涵提到月升被畫進畫裡時，柳子夏曾經寫一些東西讓她失去部分負面的記憶。我們需不需要告訴她這件事？

儀萱：告訴她好讓她恢復可怕的本性？好讓她來殺我？（白眼表情符號）

曄廷：我想，要眞的讓她恢復這部分的記憶，需要解開柳子夏的法力，宗元是柳子夏的後代，可能會知道怎麼做。

宗元：（苦笑表情）我要看到句子才能知道怎麼解啊！

曄廷：可惜，原畫已經毀了，上面的句子我們看不到了。（苦惱的表情）

儀萱：既然這樣，講或不講也沒差。她如果恢復全部的記憶，心有惡念，絕對不是好事，那不如不說。

曄廷：那我們也先不提這件事。

宗元：好。至少也要等我找到破解的方法。

紫珊：大家決定就好。

紫珊覺得這個不能說，那個不能提，感覺綁手綁腳的，不過這是大家共同討論出來的，她也樂意去遵守。而且，這可是第一次有人加她入群組，第一次有個社交的小圈圈，雖然儀萱對她態度不怎麼友善，但是她已經覺得很感激了。

有了一些共識後，大家互道晚安，關掉手機，上床睡覺。

＊＊＊

隔天早上十點，紫珊、儀萱和宗元來到曄廷家，見過他的父母，他們今天要跟外公討論下一檔展覽的事。顧媽媽替這些小孩準備了充足的食物，交代曄廷要好好招待同學後就離開了。

「這張就是《搗練圖》。」曄廷打開他買的那本畫冊，「這個就是月升。等下我們要進去這幅畫裡面。」

其他三人都圍上去看。

紫珊想起來了。有一次，爸爸收藏了一個玉件，他那天非常興奮，說這個是玉梳篦。「梳篦是個統稱，就是古時候的髮梳。齒距比較疏的叫梳，用來梳順頭髮；齒距比較密的叫篦，用來刮去頭髮上的汙垢，這件是玉篦。」

她看著那件半圓形玉件，上排是雕滿花鳥的裝飾，下排是像一般扁梳子那樣一條條的齒列。爸爸爲了讓她了解古代人怎麼使用，打開畫冊找出兩幅畫，一幅是周昉的《紈扇仕女圖》，另一幅就是《搗練圖》。

「你看這些仕女，她們的頭髮上插滿不同的玉篦。」爸爸指著各種造型的髮飾說。這些仕女雍容華貴，髮上的裝飾更是華麗，讓人看得眼花撩亂。

「這個也可以讓我插在頭上嗎？」紫珊作勢要去拿，爸爸白了她一眼。她噗嗤一笑，這麼珍貴的寶貝，爸爸當然不會讓她放到頭上去沾油脂、黏頭皮屑。

「唐朝的流行眞是奇怪，頭上插著梳子出門，隨時梳頭的概念嗎？」紫珊一邊笑，一邊雙手在頭上做梳頭的動作。

「有什麼奇怪，上次我們不是在捷運上看到有女生戴髮卷出門？唐朝的女生要是看到才覺得奇怪吧！」爸爸大笑。

「我是現代人都覺得很難理解呢！」紫珊吐舌頭扮鬼臉。

現在，她看著曄廷手上的圖片，想到等下就要見到這些古人，看到她們的玉篦，心裡真的超級興奮。她記得曄廷說他可以去其他的畫裡，說不定，他也可以帶她去周昉的《紈扇仕女圖》走走。

「我握著你們的手，把進入畫的法力傳過去。」曄廷說。

儀萱馬上伸出手去握他，然後對曄廷嫣然一笑，另一邊宗元也握住曄廷的手。

紫珊一時不知道怎麼辦，難不成去抓他的腳？

這時，宗元另一隻空著的手馬上伸過來，紫珊感激的對他一笑，也伸出手握住。宗元的掌心很溫暖，穩穩的包住她的手掌。

「好，我們走！」曄廷看紫珊沒問題，對她微微點頭，接著呼吸運氣，從體內催出兩股力量從雙手傳了出去。

21

紫珊感到一股熟悉又陌生的力量傳來，她運氣接受，一眨眼，她發現自己置身一座庭院中。

眼前有十二名唐裝女子，右邊四名站著的，都手拿長長的大杵，她們中間是一個長方形的大木箱，裡面有剛煮好、洗好的熟練，女子手中的大杵正上下用力的搗練。中間兩名女子一個坐在凳，一個坐在席，手拿針線縫製，再過去是一個年輕女子搧著爐火；左邊有四名女子拉開長長的布練，其中一名用熨斗在燙布，還有一個可愛的小女生，彎著腰在布下面穿梭，整個畫面生動有趣，完全就是《搗練圖》畫中的樣子。

紫珊看著女子目不轉睛，尤其是她們頭上的玉篦，每一把都華麗精緻，展現出唐朝的高級工藝。

紫珊聽到宗元一聲低呼，看來他跟她都是第一次進來畫境，兩人此時對看一眼，同時露出「這裡眞的太酷了！」的表情。

「你們要一直這樣親熱嗎？」儀萱口氣不屑又帶刺。

紫珊跟宗元同時想到兩人的手還是牽著的，趕忙放開，各自往一旁跳開。

紫珊看向儀萱，儀萱神色不悅，她意識到自己的出現和加入，打破了儀萱跟這兩個男生的關係平衡，所以儀萱整個人敏感得像一隻被激怒的刺蝟。

「他們都是你的朋友？」「你們也有法力嗎？」「你們穿的衣服眞的很特別。」

這些女子放下手邊的工作圍了過來，七嘴八舌問了好多問題。

「他們都是我的朋友，這位是宗元，還有紫珊，我帶他們來見畫仙。」曄廷耐心解釋。他也一一介紹玲素、紅珊、心翠、白盈、之采、小蘭、小桃、杏娥、零兒、忘音、水鳳。

紫珊記憶力好，馬上記得誰是誰。

曄廷領著他們越過眾人的包圍，「這位是畫仙。」他指著最右邊，背對著他們的綠裙女子。

此時，女子轉過身來，她的皮膚白亮得像月光，帶著清亮的光芒。畫仙看著他們，微微頷首，兩隻眼睛明亮靈動，紫珊覺得自己有種被看透的感覺。

「宗元是當年柳子夏的後代，紫珊是鄭涵的後代。」曄廷低聲說。

他並沒有提到儀萱的身分，就像他們四人達成的共識那樣。

「我們找個安靜的地方聊聊。」畫仙說。她手上沉重的棒杵變成拂子，她的纖手揚起，紫珊發現他們離開了《搗練圖》，一行人來到一座山上，只見眼前山腰處有個深潭，一旁飛濺的瀑布墜入潭中，潭中的水再次順著山勢往下形成另一個瀑布，這個瀑布水勢更大，注入一個大湖之中。

「這裡是《早春圖》。」畫仙解釋。

「這幅畫收藏在臺北故宮。」曄廷補充。

紫珊隨意看向四周，覺得這裡眞的很壯麗，暗自在心裡記下，之後要找機會去故宮看看這幅畫。這時候，她的眼光從儀萱身上不經意掃過，再度看她腳下的影子，驚訝的發現那個濃稠暗黑的影子居然不見了！

這是怎麼回事？

不過不到兩秒鐘她就想通了，中國古畫是不畫影子的。她低頭看自己，也是跟宗元和曄廷一樣，腳下沒有影子，紫珊暗笑自己又多慮了。

「你過來。」畫仙對著宗元說。

宗元走上前，畫仙伸出白得像玉一樣的手，食指豎起，對著宗元的眉心一點。

畫仙臉上沒有表情，只是輕輕點頭。

畫仙放下手，轉頭看著紫珊，紫珊知道她的意思，也恭敬的走上前去。

當畫仙的食指點上她的眉心時，她只覺得一股冰涼的氣息鑽入腦海，然後迅速的在全身繞轉一圈。

紫珊目不轉睛的看著她，不知道是不是多心，她覺得畫仙似乎微微皺眉。

「看來，柳子夏跟鄭涵的『隱靈法』順利傳了下去。」畫仙說，「當時我創了這個法力，卻不知道是不是眞的能成功，能傳多久？多少代？過去沒有實例可以推知，現在看到他們的後代一一出現，甚感安慰。」

紫珊注意到畫仙並沒有去測試儀萱，她記得曄廷說過，畫仙之前測試過，可是看不出儀萱是誰的後代。可能是因爲這樣才沒有再試。只是，現在儀萱拿到徐靜的法力，不知道畫仙如果起意再試一次，結果會如何？

曄廷看了大家一眼，紫珊知道，他打算說子淯的事了。

「畫仙，有件事，我想要告訴你，」曄廷說，「當年子淯在被張萱的法力打敗後，他的魂魄精氣跑進一個陶娃裡，徐靜用法力護著他，直到她自己年老死去，甚至還幫他在千年之後再度回到世上。他附身在我外公身上，打算取得徐靜放在陶器上的法力，我跟宗元，還有儀萱阻止了他。」

畫仙的臉色一變，皮膚的血色彷彿又退了幾個色階。

「他居然沒有死。」畫仙低語的聲音帶著寒意，「那你們這次完全消滅他了嗎？」

「我們本來打算把他封印在陶娃裡，可是，還是被他逃脫了。」曄廷語氣遺憾的說。

「不過他的法力散去，就算要再恢復也要千年以後吧？而且現在也沒有徐靜可以幫他了。」宗元儘量保持樂觀的說。

「除非徐靜的後代出現。」畫仙的話讓大家心裡一驚。儀萱暗暗丟給宗元一個怨恨白眼，怪他哪壺不開提哪壺，沒事提到徐靜，讓畫仙想到這個人。

宗元無辜的縮著肩。

「我比較擔心，子淯會不會來這裡爲難你？」曄廷轉移話題到畫仙身上。

「他一定不會放棄闇石的力量，尤其他現在法力盡失，一定想盡辦法來逼問畫仙。」宗元也有默契的趕快接話。

「如果子淯到這裡找畫仙，我們要如何知道？」紫珊也加入討論。

「你不能用對外公的方式，也對畫境施同樣的法嗎？」曄廷問。

「可以試試看，」紫珊的語氣帶著遲疑，「不過外公只是一個人，畫境這麼大，我不確定可以套用相同的法力。」

「恐怕不容易吧！」儀萱看了紫珊一眼。

畫仙靜靜的看著他們一來一往的討論，並沒有表示，似乎並不在意自己的安全。

「關於子滑，」畫仙語氣清淡，但是自有一番威嚴，四個人馬上住口，聽她說話，「你們不用擔心他會傷我。」

曄廷還是不安，「子滑對闇石的力量念念不忘，做出這麼多傷天害理的事，我怕他再來找你……」

「他來找我也沒用，我也不知道闇石在何處。」畫仙平和的說。

紫珊抿著嘴心想：我知道！當年，月升把闇石交給師兄徐福，讓他帶離中土，徐福帶著闇石來到現在的臺灣，闇石就在臺灣的某處。

「有件事……鄭涵曾經告訴我……」紫珊頓了頓，然後把玉冊的來源，玉冊會顯現闇石所在等訊息告訴畫仙。

畫仙聽完，臉色比剛才聽到子滑復出的消息更加蒼白震驚。

「想不到這闇石的力量遠遠超過我的估計，我還是沒能完全制伏它。」畫仙嘆一口長氣說。

「所以，闇石在你們住的臺灣？」畫仙看著紫珊。

「是的。」紫珊說。

「難怪你們這些後代也都去了臺灣。」畫仙微微點頭。

「所以冥冥之中，有股力量牽引著我們。」宗元說。

這點，紫珊跟曄廷也討論過。

「那現在怎麼辦？」曄廷問。

畫仙眼神望著瀑布，陷入沉思。

「我再想想。」過了一會兒，畫仙望著他們，「曄廷，你先帶宗元和儀萱回《搗練圖》。紫珊，你留下，等會兒我再送你回去。」

大家有點驚訝畫仙的指令，但是好像又沒有什麼理由拒絕。

「好。」曄廷看了紫珊一眼。紫珊聳聳肩，也是不明白的樣子。

「曄廷，那你可以帶我們去別的畫走走嗎？」宗元期待的問。

「我……」曄廷還沒回話，畫仙就打斷他。

「先去《搗練圖》待著。」畫仙臉色安然，語氣平和，感覺不出她的情緒。

「是。」曄廷點頭答應。

他再度握著宗元和儀萱的手，然後三人就在眼前消失。

畫仙看他們離開後，轉頭對紫珊說：「我帶你去另一幅畫。」

紫珊還沒來得及反應，眼睛只一眨，便發現自己來到一座園子裡，眼前是兩株挺立的水仙，各有四片細長堅挺的葉子，中間各抽出一枝花梗，生著四朵白色的水仙。一株是單瓣的，一株是複瓣的。

紫珊一向喜歡水仙，覺得這花自帶仙氣，現在看到這兩株，心情特別清朗。

水仙的上方有幾根枝枒，斜斜低垂，但是蒼勁有力，幾朵臘梅疏落其間。

「這張是明朝仇英的作品。」畫仙說。

「好美。」紫珊衷心的說，不過她不明白畫仙爲什麼帶自己來這裡賞花。

她看著畫仙。畫仙沉思了一會，緩緩說道：「儀萱就是徐靜的後代。」

紫珊大吃一驚，他們四人討論再三，決定先不要讓畫仙知道這件事，怕她要殺了儀萱，想不到，畫仙已經知道了。

還是她只是用猜的，在套她的話？

紫珊看著她，努力保持鎮定，讓臉上的表情沒有變化。

「你們都沒提起這件事，是因爲怕我會殺了儀萱？」畫仙神情平靜，跟說出的內容一點也不搭。

這畫仙是不是駭入他們昨天的群組啊？

紫珊實在想不通。不過到這階段，再假裝就不像了。

她只好硬著頭皮問：「你是什麼時候知道的？」

「就是剛剛，你們一起進來之後。」畫仙說。

「可是，你剛才只有測試我跟宗元啊。」紫珊還是想不透。

「我也測試了儀萱。」畫仙的話讓紫珊大吃一驚，她繼續說下去：「『隱靈法』是我創的，隨著你們這些後代一一出現，我意識到有股力量在引發『隱靈法』，現在我知道是子湑復出的關係。隱藏你們資質的力量慢慢退去，個人的法力慢慢展現。這次看到儀萱，我馬上覺得她身上的氣息跟之前有所不同，所以我施法帶著大家到《早春圖》時，同時暗中測試你們的法力，察覺出原來儀萱就是徐靜的後代。」

「原來是這樣。」紫珊覺得萬分佩服，畫仙的聰明才智比自己想像高出許多。

「我測試你和宗元時，發現儀萱神情緊張，曄廷刻意站在我和儀萱之間，便猜測到你們怕我會殺了儀萱。」畫仙說。

「所以……你會殺了儀萱嗎？」紫珊大膽的問。

畫仙清澈的眼眸看著她，紫珊卻分不出其中的情緒。

「我在儀萱的法力中，感覺到鄭涵的力量。」畫仙凝望著她。

紫珊恍然大悟，這是爲什麼畫仙要避開其他人，特地帶她過來。畫仙會不會殺儀萱還不知道，但是，她要紫珊的解釋。

如果她不會殺儀萱，應該也不會因爲鄭涵擅改她的法力來殺我吧！紫珊背脊冷汗直流的想。

可是畫仙也沒說不殺儀萱，而且還特地把她帶開，是不是因爲比較好下手？

紫珊知道自己愛亂猜想的個性又發作了，她緩緩吸氣呼氣，「鄭涵當時其實不滿師兄們要去殺害無辜的小孩，所以……」

她把過程緩緩道出，畫仙仔細聽著。

「不知道爲什麼，鄭涵隱藏徐靜後代身分的『閉影法』現在無效了。」紫珊說。

「當她了解到自己是徐靜的後代，擁有法力時，鄭涵的法力就被蓋過去了。」畫仙說。

「原來如此。」紫珊點點頭。畫仙或許在畫裡待了一千多年，或許失去部分的記憶，但是那個封住闇石力量，鑽研出「隱靈法」的月升，還是一樣充滿靈氣，頭腦清晰慧睿。

「那個玉冊裡闇石的位置，不要告訴任何人。」畫仙說。

紫珊這次眞的恍然大悟，畫仙把她帶來這裡不是爲了殺她，是要她保住玉冊上的祕密，即使是其他的後代，也不能讓他們知道。

「那，你想知道闇石在哪嗎？」紫珊試探著問。

畫仙搖搖頭，「當時我讓徐福師兄帶走闇石，就是希望這一生都不要知道它在哪。」

「好。我不會說。」紫珊堅定的保證。鄭涵封她爲玉使，她知道自己的使命，就是要保護玉冊上的祕密。

畫仙點點頭，「那我們走吧！」

她的拂子一揮，兩人回到《搗練圖》，曄廷、宗元和儀萱好奇的看著她。

「你們都回去吧。」畫仙簡短說完便轉過身去，就像畫中看到的那樣靜止不動，不再跟大家言語。

「下次再來找我們喔。」「對啊，要常來。」「不要太久喔。」「再見。」

畫中其他女子熱情的跟他們道別，紫珊好想跟她們要一把玉篦帶回家，不過她知道兩個世界的東西是不可以相通的。

22

「畫仙帶你去哪？」

「她爲什麼只留你下來？」

「畫仙跟你說什麼？」

一回到曄廷房間，三個人就迫不及待的問了一堆問題。

紫珊低著頭，思考要怎麼回答。她目光隨意看著地上，忽然，眼神一凜。

她抬起頭來，看向儀萱，臉上的表情帶著驚訝跟恐慌。

「怎麼啦！」宗元推她一把。

「紫珊？」曄廷也好奇的看著她。

「你幹麼這樣看我？」儀萱的口氣不是很高興。

「你們看！」紫珊指著她的腳。

「她的腳怎麼了？」兩個男生左看右看，沒看出端倪。

「儀萱沒有影子！」紫珊沉聲說。

「對耶，怎麼會這樣？」曄廷歪著頭，滿臉不解。

宗元繞著儀萱身邊走，「眞怪，爲什麼你沒有影子。」

儀萱站起來繞轉一圈，歪腰低頭，「我的影子跑哪去了？」

「這的確怪怪的，可是你怎麼發現的？」曄廷問。

「是啊，誰沒事會去看別人的影子啊？」宗元說。

「前幾天，我注意到儀萱的影子特別濃，看了讓人不舒服，我覺得很怪，卻又說不上來。我們進入畫境後，那個黝黑的影子不見了，我看到我們每個人都沒影子，想到在古畫裡講究的是意境，並不著重光影，畫中人物都沒影子，所以就沒放在心上。我們回來後，宗元、曄廷跟我的影子都回來了，可是儀萱居然成了沒有影子的人。」紫珊指著地上說。

「你是說，儀萱的影子留在畫境裡了？」宗元看著紫珊。

「有什麼東西，附在儀萱的影子上，跟著儀萱去了畫境，然後留在畫境裡。」紫珊在語句上做了更正。

「你們不要又說什麼子滑附身在我身上的事。」儀萱不高興的說。

「他可能沒附在你身上，但是，有沒有可能附在你的影子上？」紫珊提出假設。

「你不要亂……」

儀萱的話還沒說完，曄廷轉頭問她，「我記得你說，子滑的法力之中有一個叫『分影法』，可以把自己的部分力量分到影子上去，對嗎？」

這時，每個人想到這個附在影子上的，非常可能就是子滑，都忍不住感到一股寒意。

「所以，我們當時把子滑從曄廷外公的身體裡逼走後，子滑就跑到儀萱的影子裡躲起來。」宗元也看著儀萱。

「喂，他眞的沒有附身在我身上，這個我自己清楚！」儀萱大聲的說。

「他就算只是附在影子上，也多少會對你造成影響。」曄廷皺眉。

「難怪這陣子像是大姨媽來，天天陰陽怪氣。」宗元小聲嘟囔著。

儀萱狠狠的瞪了宗元一眼。

「那現在怎麼辦？」宗元問。

「現在這個影子脫離儀萱，跑到畫境裡了。」紫珊擔心的說。

「這不是好事。」曄廷眉心緊鎖，「我們要再回去《搗練圖》。」

「我不去！」儀萱後退一步，「畫仙會猜到我是徐靜的後代！」

「她早就知道你是徐靜的後代！」紫珊冷冷的說。

宗元和曄廷瞪大眼睛看著紫珊。

「好啊！你跑去找她講悄悄話！你出賣我！」儀萱眼睛瞇了起來，大吼一聲，伸出右手一轉，掌心朝著紫珊，發出一股強大的土氣力量。空氣中頓時揚起塵灰，這些塵灰聚集起來，形成一道暗褐色的旋風，對著紫珊急速奔來。

紫珊在發現儀萱影子不見時，已經用法力把自己保護好，現在儀萱忽然出手，雖然出乎意料，但是紫珊已有準備。她一轉身，卸去一大半的暗褐風勢，躲過強烈的攻擊，護住體內的心脈穴道。

同時，她也對著儀萱出手，只見點點星火從玉墜散發出來，然後非常快速的形成朱雀，朝著儀萱飛去。

儀萱本以爲可以出其不意把紫珊打倒，好出心裡的一口氣，只用上三成的法力，沒想到紫珊不僅躲開，還出手反擊，她心裡更氣，再次運氣施法，這次加上更多力量。

紫珊只覺得身邊的氣場越來越混濁，土氣的力量越來越大，她嚴守自己的周身上下，同時出手攻擊，才不會處於下風。

兩人來來往往，招式不斷。

「喂！你們怎麼眞的打起來了！」曄廷氣急敗壞的說。

他看她們一時沒有住手的意思，便把五行氣在運在胸口，同時手上運起金氣，拿出季札的劍氣，挺身向前，揮劍使出。

他先用「健牛擋車」的招式，讓自己在儀萱跟紫珊的磅礴法力中站穩腳步，然後使出「彩蝶撲花」，搭配「群鶴盤旋」和「巨鷹擊鵠」，分別擊向這兩個女生。

「她破壞了我們的約定，去跟畫仙告密討好，你居然還幫她！」儀萱看曄廷加入，氣得大吼，將一半法力招呼到曄廷的身上。

曄廷將「彩蝶撲花」使得快速輕巧，一一迎向儀萱的招式，但也不忘用上「巨鷹擊鵠」的猛勢，抵擋紫珊對儀萱的法力。

「我沒有告密，是她自己測出來的！」紫珊也為自己辯解。

三人在曄廷的房間打了起來，法力四射，真氣滿溢。

「喂喂，不要打了！不然我要出手了！」宗元大喊，不過沒有人理他。

他腦筋一動，大聲喊出：「落葉滿空山……」

空氣中忽然生出一片片黃黃紅紅的落葉，飄啊飄的，來到大家的身邊。

「你打算用落葉砸死我們嗎？」儀萱輕蔑的哼了一聲，手上的招式並沒停歇。

宗元不理她，繼續吟詩，「……何處尋行跡。」

這兩句是出自韋應物的〈寄全椒山中道士〉的詩句。原詩是：

今朝郡齋冷，忽念山中客，澗底束荊薪，歸來煮白石。

欲持一瓢酒，遠慰風雨夕，落葉滿空山，何處尋行跡。

自從柳宗元找到詩魂後，他從過去半句詩都背不起來，變成對詩過目不忘的人。那天他讀到這首詩，一時興起，去詩境走走，想去看看詩中提到在山中修煉的隱士。當時只見滿山滿谷的落葉，怎麼也找不到這位山中客的行蹤。

現在，看三個同學就這樣打了起來，他不知怎麼勸解，就想到這首詩。只見落葉越來越多，越來越密，像是下雨一樣。這些葉子雖然輕薄，無法傷人，但是卻漸漸濃密得遮住大家的視線，看不到對方的蹤影。

這些葉子是來自宗元的法力，所以另外三人想要揮開葉子，也得要用法力去對抗。不一會兒，大家不約而同的停下攻擊，因爲也看不到其他人在哪，都被葉子包圍了。三人全心想掃開眼前和身上的葉子。

此時，不僅三人看不到彼此，宗元也看不到他們，真的有「落葉滿空山，何處尋行跡」的意境了，只是現在的場景比較像「落葉滿房間」。

「喂，你把落葉撤去，等下我爸媽回來看到會昏倒！」曄廷的聲音從樹葉堆中傳來。

「算你厲害，居然用這招！」儀萱模糊的聲音也傳來。

紫珊本來也想說什麼，嘴巴一張，一片葉子塞了進來，她趕快吐了出去，閉緊了嘴。

「好，但是你們要答應我，不要再打了。」宗元得意的說。

「好。」「可以。」「嗯！」

聽到他們都答應了，宗元搜尋一下腦海中的詩句，決定用李白〈秋風詞〉的前幾句：「秋風清，秋月明，落葉聚還散。」

一陣風徐徐出現，並不急狂，但是一一吹過每個人身邊，以及每一片葉子，清爽的力量把落葉吹得飛散在空中，不再黏滯在他們身上，然後消失無蹤。沒多久，三人又可以看到彼此了。

「宗元，原來你的法力是我們四人之中最強的！」紫珊佩服的說。

他不好意思的抓抓頭，「打贏你們不可能，但是用點小技巧倒還沒問題。」

「他啊，我都說像是段譽的六脈神劍，時靈時不靈，不靈的時候比較多。」儀萱瞪了他一眼。

「這次就有靈啊！」宗元也得意的瞪回去。

「我覺得宗元的法力好像越來越強，也越穩定了。」曄廷肯定的說。

「現在都不需要有人捏他肩膀了。」儀萱半逗著他。

「我也有這樣的感覺。」宗元一連唸了兩首詩，都成功跟法力結合，令他又驚訝又開心。另外，他在解開落葉的法力之前，低聲唸了韋應物的〈淮上喜會梁州故人〉詩中的一句「歡笑情如舊」，讓他們默默吸收詩句的意義，果然，他的朋友們不再打來打去了。當然下面那句「蕭疏鬢已斑」他就不敢唸出來，到時候大家長出白髮，可能會先揍扁他。

「我們要再去一趟畫境，提醒畫仙影子的事情。」曄廷看著大家說。

「可是……」儀萱還是態度遲疑。

「當年鄭涵阻止子堃被殺，我也會阻止畫仙殺你的。」紫珊態度堅定的說。

儀萱看著她，眼神帶著複雜的情緒。

「別忘了，如果真的發生什麼事，我可以馬上把大家帶離畫境，回到現實世界。」曄廷的話似乎讓儀萱比較安心。

「還有我！我現在的法力也變強了喔！」宗元說。

「好吧！」儀萱點點頭。

「還是去《搗練圖》嗎？」紫珊問。

「沒錯。」曄廷說，「走吧！」

23

再次進到《搗練圖》時，他們四人都嚇了一跳。

「發生什麼事？」曄廷焦急的問。

本來一群宮廷仕女們祥和搗練的畫面，現在一片混亂，每個人身上臉上都有燒傷的痕跡，畫中本來潔白平整的布，被燒得一個洞一個洞的。

搧火的女孩小蘭，右手被燒不見了，玲素用她的橘紅長巾替她包紮，而她身上白色的長裙也焦黑一片。其他人不是忙著打滅餘燼，就是互相查看傷口。

小桃跟紅珊走了過來，她們兩人身上也是雙雙掛彩。

「剛才有個女人頭飛進來，」小桃拍拍被燒去一角的裙子，滿臉驚恐，「一張口便噴出黑氣，好嚇人啊！」

「是一面鏡子，鏡子裡有女人頭。女人張口噴出黑氣，被那個黑氣碰到的東西都燒焦了。」紅珊口氣急促的說，她的頭髮被燒去一半，藍色長裙上面布滿小小燒焦的洞。

又是鏡子，又是人影，曄廷四人都警戒起來。

「我用扇子想把黑氣搧走，沒想到黑氣力量大，我的手就被燒不見了。」小蘭哭著說。

「是畫鬼嗎？你們知道是來自哪一幅畫嗎？」曄廷問。

「畫仙呢？」紫珊也問。

「我不懂畫。」玲素搖搖頭說。

「我也不懂，」心翠說，「畫仙應該知道。那個女人頭……」

「是鏡子。」紅珊再次補充。心翠瞪她一眼。

「那個鏡子裡的女人頭一進來就說要找畫仙，」最左邊穿藍裙子的忘音說，「畫仙剛好不在，我們說不知道她去哪，那個女人頭不相信，就開始攻擊，嘴巴吐出濃濃的黑煙，我抖動手上的白布去抵擋，她們三個也拿木杵攻擊，可是都沒有用，只要被黑煙碰到，不是燒焦就是不見，痛得大家哀號不斷。」

「還好畫仙趕了回來，」白盈柔聲的說，「她阻止了黑煙的攻勢，跟鏡子人頭打起來，之後兩人都不見了，不知道去了哪幅畫。」

「一定是鏡子人頭的那幅畫。」紅珊搶著說。

紫珊看著曄廷，後者搖搖頭，「我一時想不起來是哪幅畫，要去找一下。」

「我們還要回房間找書嗎？」儀萱問。曄廷眉頭深鎖，思考著。

「會不會來不及啊？」宗元看著曄廷。

紫珊也是一樣想法，「還有沒有別的方法？這樣一來一回，挺花時間的。」

曄廷想了想，「我們去找大骷髏！」

「骷髏？」紫珊好奇的問。

「李嵩的《骷髏幻戲圖》中的大骷髏是畫境裡，我可以想到最接近鬼怪陰森的人物，所以當初那個邪惡的力量才會附身在他身上，擄走畫仙。當時他也帶走儀萱，想試探儀萱是誰的後代，因為無法確定，打算殺了她。這次鏡子人頭的事，說不定他會知道是哪幅畫。」曄廷說。

「我們去看看。」宗元之前就聽過儀萱提過這幅畫，現在可以進去，覺得很興奮。

曄廷帶著三人來到《骷髏幻戲圖》，紫珊看到畫境後覺得很訝異，沒想到中國古畫會有這樣的題材。只見一個大骷髏坐在地上，手裡有一副傀儡戲小骷髏，一個娃娃在地上爬，似乎被小骷髏所吸引，娃娃的後面跟著一名女子。另外，大骷髏後面也有一名女子，手裡抱著一個嬰孩在餵母奶。

「大骷髏，這是我的朋友宗元、紫珊。」曄廷幫彼此介紹。

大骷髏只有骨架沒有表情的臉朝著他們點點頭。紫珊覺得大骷髏空洞的眼眶望向她時，有種說不出的幽暗陰森。

「我想問你，你知不知道有一個鏡子人頭破壞畫境的事？」曄廷問。

大骷髏嘆口氣，「我知道，當時附身在我身上的『師父』，現在附在那個鏡子人頭上。他要我加入他的力量，被我拒絕了。」

「你知道是哪幅畫嗎？」儀萱問。

「『師父』給了我可以到其他畫境的力量，我帶你們去。」大骷髏說。

他們來到一個像是戶外的地方，左邊有大石假山，還有一株姿態盎然的枯梅。前方有一道作工精細，花紋繁複的欄杆。欄杆前有兩位女子，左方站立的女子看起來像是婢女，態度恭敬，右方一名白衣藍巾仕女坐在一個大桌子前的長凳上，她的衣飾華麗，體態優雅，背對著他們，看不見臉龐。

「我不方便四處遊走，我先回去了。」大骷髏說完，不等大家道謝，就消失在眼前。

「姑娘打擾了，我們是畫仙的朋友。」曄廷有禮的說。

曄廷他們看看四周，往前走一步。

這時候仕女轉過身來，四人看到嚇了一跳，這個女子臉上居然沒有五官，一片平坦。

「你的臉……」宗元驚呼，紫珊扯一下他，阻止他說下去。

「是的，我沒有臉，」女子哀戚的說，「一個黑影跑進來，把我的鏡子跟鏡影都偷走了，我的臉也消失了。」

「夫人的銅鏡也不見了。」婢女指了指桌上一片空白的地方。

「請問夫人，你說有一個黑影進來？」紫珊問。

「叫我亦娟就好。」女子說，「是的，這黑影好嚇人，好大一團，一進來看到鏡子就說：『太好了！這就是我要的！』然後撲上鏡子，從鏡心鑽進去，然後這個鏡子就像有生命一樣飛了起來，接著就不見了。」

「夫人的臉也跟著不見了。」婢女擔憂的說。

「所以，你也不知道它去哪了？」儀萱問。

亦娟夫人搖搖頭。

「它跟畫仙會去哪了？」紫珊問。大家你看我，我看你，滿臉擔憂，但也不知道怎麼辦。

「不然先回《搗練圖》……」曄廷的話還沒說完，大家眼前一暗，一道濃濃的黑影忽然出現，遮蔽大部分的光影，每個人都警覺的運起法力。

伴隨黑影出現的是一個圓形物體，大家定眼一看，是一面鏡子，鏡子裡果然有一個女子的頭像。此時女子齜牙咧嘴，頭髮散亂，嘴裡吐出更多的黑煙，畫裡許多景象被黑煙碰到都燒了起來。

亦娟夫人發出一聲慘叫，身旁的婢女趕忙過來替她擋著，兩人紛紛受傷。雕刻精細的圍欄起火，梅樹也染上火苗，桌子和躺椅都出現烏黑的焦痕。

「快到桌子底下！」宗元喊著把兩人推到桌子旁。

婢女護著亦娟夫人，找到機會，閃開黑影，躲到桌下去。

「啊！好痛！」儀萱站的位置剛好在黑煙落下的地方，只見她的肩膀馬上紅腫起來。她運起土氣護住全身，保護自己，然後也對著黑影施法攻擊。

曄廷則是劍氣在手，他使出「飛瀑千里」中，高空瀑布一瀉千里的氣勢，同時善用水氣的力量，只見劍柄散出無數水點，向著四方黑影奔去。水點碰上黑煙，被燒焦的景象不再惡化。他也對著儀萱肩膀灑上一些水，幫她消腫。

紫珊則是運起火氣，玉墜射出星火，在空中形成豔橘朱雀，跟黑影展開激烈互鬥。

看黑影讓畫境起火燒焦，以爲它用的也是火氣。可是來回交手後，發現它的力量特殊，異常的黑暗陰毒，有部分的確跟他們的法力接近，但是更多部分跟她熟悉的法力相異。想不到這個子滑這麼難纏，像是萬年蟑螂一樣，不僅打不死，每次回來力量竟變得更強。

部分的黑影朝著宗元籠罩而去，紫珊大驚，手一揮，朱雀轉向，朝著黑影撲去。嶂廷也把無形劍一轉，朝宗元的方向刺去。

宗元看著黑影朝自己而來，他先唸了一句劉禹錫〈浪淘沙〉的第一句「日照澄洲江霧開」，瞬間一道金黃日光照來，但是遇上黑影卻完全沒效。黑影不是江霧，那是比江河上的霧氣還可怕的東西。

宗元看金光碰上黑煙馬上消失，趕忙轉身閃去，此時朱雀飛來纏住黑煙，替他擋下這次攻擊。

這時，宗元來到桌邊，看到身旁桌上的杯子，心念一動，快速舉起杯子，唸起李白的詩句：「舉杯邀明月，對影成三人。」

本來在畫裡沒有影子的他，忽然出現三道影子。

「哼！你有影子，我也有影子！影子對影子，就不信會輸給你！」宗元大聲說。

紫珊看了覺得好笑，但也不得不佩服宗元的創造力。

宗元的手一揮，三道影子對著子滑的影子飛去。

「我歌月徘徊，我舞影零亂。」宗元大喊，同時身體手腳都舞動起來。這三道影子也快速的移動，變換形貌，一下子瘦長，一下子圓扁，一下子不規則，跟子滑的影子交互來回攻擊防守，總算也加入戰局，不是處於挨打被保護的角色。

就在這時候，鏡中人頭又吐出更多的黑煙，大家眼前黑影重重，快要看不到其他人，紫珊努力驅動朱雀，用星火燒毀黑煙，想到他們四人一起對付子滑居然仍無法將他拿下，忍不住暗暗心驚。

就在這時候，聽到儀萱尖叫一聲，眼前的黑影黑煙全部散去。

「不要動！」一個低啞的聲音從鏡中人頭傳來。

大家清楚看到，儀萱整個人浮在空中，但是卻無法動彈，她的周圍有一圈黑影緊緊包圍著她。

「把她放下！」一個清冷的聲音響起，同時一道身影出現在大家的面前。

「畫仙！」紫珊低呼。

看到畫仙出現，大家稍稍感覺安心，一來，她沒事，二來，多個人手，要打敗子淯容易多了。

「把她放下！」畫仙再說一次。

「月升，我們又見面了！」鏡中人頭說，「你剛才追我追了老半天，我應該介紹一下，我就是子淯。」

畫仙面無表情的看著他。

「沒想到我會再回來吧？當年，你命你徒弟張萱來追殺我，結果我還不是活到現在。你殺不了我的！」子淯狂妄的說，不過他現在只是一個鏡子裡的頭像，看起來非常怪異。

「喂！你這個沒身體的歪臉妖怪，到底想幹麼？先把儀萱放下來！」宗元喊著。

鏡子裡的人頭臉色一變，嘴一張，一股黑氣對著宗元噴出。畫仙拂子一掃，擋去了這道力量。

曄廷長劍揮去，子㴧將儀萱拉到鏡影前，哼了一聲，提醒他不要輕舉妄動。

「月升啊，你看到了，你的徒子徒孫對我這樣不敬，這都是我沒有形體，法力不足的關係。只要有闇石的力量，我就可以如常人一般生活。」

宗元還想說什麼，紫珊拉了他一下，對他搖搖頭。

「你破壞畫境，不過是要知道闇石下落罷了。」畫仙冷冷的說。紫珊想到《搗練圖》的慘狀，實在氣不打一處來。

「我也是不得已的，不這樣做，怎麼能吸引你老人家出現？做大事，都要有一些犧牲。」子㴧大言不慚的說，「其實我們心知肚明，你當初出於私心，獨自決定闇石的去向，讓天下失去共享這個神奇力量的權利，實在罪大惡極。你要交出這個闇石，才對得起天下蒼生。」

「你放……」宗元實在忍不住要大罵，紫珊輸了一點法力給他，讓他先閉嘴。

曄廷皺著眉頭，專注的看著浮在空中的儀萱。儀萱此時神智清楚，但是嘴巴說不出話，兩眼驚恐的看著他。

「我不知道闇石在哪。」畫仙表情冷淡的說。

子滑哼了一聲，並不相信，「你因爲自己的私心，導致身陷畫中千百年，跟永世不得超生沒什麼差別，如果你好好使用闇石的力量，一定可以回到現實世界。」

想不到他「威脅」不成，現在打算「利誘」。

「你把儀萱先放下來，我們好好說。」曄廷看著他說。

「我眞的不知道闇石在哪。」畫仙和緩的說。

「是你封印闇石的力量，之後闇石的下落，你豈可不知？」子滑瞪著她。

「如你所說，若我知曉，爲何不拿來用？」畫仙搖搖頭。

「哼，你個性頑固，當年就是因爲這樣，寧可讓徐靜死，也不肯透露。」子滑冷哼一聲，讓鏡中人頭吐出更多的煙包圍著儀萱，只見儀萱臉上表現更加痛苦。

「現在，你還要看著她的後人爲你而死嗎？」子滑語氣陰冷的說。

24

大家都大吃一驚，沒想到子涓發現了！

「很驚訝是不是？我自己也是。剛才跟儀萱交手，我的巫術碰上她的肩膀，我馬上感受到，原來她就是我千辛萬苦要找的後代。想不到，我之前想殺的人，居然就是我要找的人，看來冥冥之中，我就是要找到她！所以她才好好的活到現在。」

「既然你知道她的身分，那你還要殺她，折磨她？」畫仙皺著眉頭說。

「我當然不會殺她，我還要附身在她身上呢！不過，留著她來折磨你們，也是樂趣！」子涓陰險的笑著。

其實子涓抓到儀萱，發現她就是他跟徐靜的後代時，驚喜之餘，本來馬上要附身，卻發現儀萱身上的力量抵抗著自己。他想到，月升傳給徒弟們的法力，雖然無意中帶有闇石的力量，但是本質上是對抗闇石的，這跟他們學的五行有相似之處，彼此相生相剋。

儘管儀萱是他的後代，他想要再有形體和力量都要靠她，但是他也必須想辦法克服這個問題。

「怎麼辦？不能讓他附身在儀萱身上！」宗元焦急的說。

「如果你執意要附身在她身上，那我只好先殺了她，再殺了你！」畫仙舉起拂子，語氣冰冷的說。

「畫仙手下留情！」曄廷劍氣轉個方向，直指著畫仙。

「她如果被子淯附身，那她就不是儀萱了，留下只是禍害。」畫仙凝視著曄廷說。

「不能殺她！我們另外想辦法！」曄廷也堅持的說。

「是啊是啊，有話好說，你不能殺我的朋友。」宗元也站到畫仙前面，努力想著合適的詩句來阻止她。

子淯看著這些人，因爲他簡單幾句話就快要打起來，覺得非常得意。

就在這時候，紫珊快速運氣，手一揮，朱雀再起。

「畫仙師父，讓我替你殺了她吧！」紫珊話沒說完，朱雀已經朝著儀萱飛去。

曄廷和宗元完全沒料到這情況，他們整天想著如何防止畫仙知道儀萱的身分，如何阻止畫仙殺儀萱，沒想到他們的注意力在畫仙的身上時，紫珊居然先下了殺手。

「住手！」曄廷的劍轉回來，一招「天鵲高飛」，劍式凌厲的刺向紫珊。

子滑也沒預料紫珊說殺就殺，通常這些自認正派的人都是嘴巴說說而已。等朱雀來到眼前，才發現紫珊是玩真的，他急忙拉著儀萱後退。

但是來不及了，紫珊的朱雀衝向儀萱，點點星火貫穿她的胸口，她在極大的震驚中，閉上眼睛，頭一歪，四肢癱軟，口鼻流血，當場死亡。

「不不不……」宗元大叫，他腦筋一片空白，想不出挽救這一切的詩句。

紫珊出手後急忙閃躲，但是左肩還是被曄廷的劍刺中。他這一劍刺得不輕，紫珊鮮血直流，痛得悶哼一聲，整個人站不住，斜傾下去。

畫仙微微皺眉，伸手扶住紫珊，將她拉到自己身後，拂子輕掃，擋住曄廷的凌厲招式。曄廷劍柄一轉，一個「天鵲高飛」，再一個「巨鷹擊鵲」，招式純熟凌厲。畫仙表情高冷，身形不動，手中拂子使得柔和綿延卻滴水不漏，制止曄廷繼續對紫珊的攻擊。曄廷情緒激動，手上劍式不停，對著畫仙不斷出招。

紫珊覺得每一個呼吸都痛不欲生，她用盡全力忍耐，專心注意子滑的動靜。只見子滑看著一動也不動、口鼻流血的儀萱，知道她已經死了，他附身的期待沒了。所有嫌惡、痛心、憤怒等情緒，全部在表情上展露無遺。他大吼一聲，用力把儀萱丟下。

「儀萱！」宗元奔向前大喊，穩穩的接住她的身體。

子滑看著眼前一團混亂，儀萱死亡，紫珊受傷，畫仙跟曄廷打起來，他不吭一聲，噴出更多黑煙擋住每個人的目光。他知道儀萱一死，這些人也饒不了他，到時候一起出手，自己討不了好處，不如趁亂快走。

宗元先穩住自己，然後唸出王維〈竹里館〉的「明月來相照」，一道柔和清光照了過來，消去黑煙，但那個鏡面人頭早已消失，不知去向了。

「子滑去哪了?」紫珊掙扎著要站起來。曄廷淚流滿面，繼續用劍指著她。

「儀萱！儀萱！」宗元抱著好友坐在地上大哭。

另一旁，婢女看子滑消失了，扶著亦娟夫人從桌下爬出來。

紫珊一手扶著肩膀，先施法止血，然後瞪了曄廷一眼，站了起來。

曄廷在大驚大悲之下發狠攻擊，不過子滑的黑煙擋住視線後，一時失去攻擊的目標，如今恢復視野，他不再出手，只是愣愣的任由紫珊撥去指著她的劍，看著她蹣跚走向儀萱，曄廷也跟著來到儀萱身旁，跪坐下來，用手輕撫著她的臉龐。

紫珊看看四周，轉頭問畫仙：「可不可以找一個安全安靜的地方?」

畫仙想了想，點點頭，她的拂子一揮，先把畫境恢復原狀，雖然鏡子依舊不在，夫人也還是沒有臉，但是焦黑的四周，還有受傷的夫人跟婢女都得到修護。

她的拂子再一揮，四個人發現他們身在一個上無天，下無地，左右無憑的縹緲空間裡，眼前只有一位娉婷美麗的女子。

這個女子年輕窈窕，髮鬢高聳，體態優美古典，衣裙細緻飄逸，更加令人印象深刻的是，她身後揹的葫蘆掛滿整個背，少說也有二十多個。葫蘆之後有個提籃，裡面有鮮花、綠葉、果子，還有許多靈芝。她細長如鳥爪的手，讓人忍不住注目。

紫珊不太懂爲什麼來到這裡，她看向曄廷，曄廷也是一臉茫然的樣子。

畫仙開口說：「這是麻姑，她是仙人王方平的妹妹。麻姑是個長壽的仙女，一說滄海變成桑田要千萬年，而麻姑就曾經歷過滄海桑田三次，所以有女壽仙之稱。西王母壽誕時，各方仙人都去參加宴席，麻姑會在絳珠河畔，用靈芝釀酒，爲西王母祝壽。」

「我懂了，畫仙想用麻姑的力量救活儀萱。」宗元充滿希望的說。

「我也不知道可不可以。」畫仙看著麻姑。

「請麻姑救救我們的朋友吧！」曄廷誠懇的祈求。

麻姑搖搖頭，滿臉歉意，「我可以幫人延年益壽，可是無法起死回生啊！」

眾人聽了都很失望。

「儀萱……」曄廷低聲啜泣。

「謝謝畫仙，謝謝麻姑，不過我可以讓儀萱起死回生。」紫珊對大家眨眨眼，嘴角顯露出一抹神祕的微笑。

儀萱此時橫躺著，像是懸浮在空中一樣，紫珊走到她身邊，伸手朝她的腰間幾個穴道按了按，輸入幾道法力，在大家的驚訝眼光中，儀萱緩緩睜開眼睛。

「我……這是在天界嗎？」儀萱看著仙女般的麻姑，還有四周一片空無說。

「紫珊救活了你，你現在還在畫境裡！」曄廷過去抓著她的手，不可置信激動的說。

「儀萱！太好了！你活過來了！」宗元衝過去，用力抱一下她。

「謝謝你救活她，你怎麼做到的？」曄廷又感激又不解。

在曄廷的攙扶下，儀萱站起身來，她看了看周遭，一頭霧水。

「其實我沒救活她。」紫珊微微一笑，「因爲，我沒殺死她。」

曄廷驚訝的看著她。

「可是，我明明看到……」宗元抓抓頭，「連子湞都以爲她死了。」

「其實，這是當年鄭涵的兒子和徐靜的兒子，兩個小孩爲了好玩而發明的一個小法力，叫『虛情假意非死非生法』。」紫珊把她看到的部分講給大家聽，「我是引善的後代，所以我也傳承了這個法力。今天的狀況實在太危險，如果子湑附身在儀萱身上，那事情就麻煩了。所以我想到這招，用同樣的方法虛晃過去，果然讓子湑上當。」

「的確，在當時只有儀萱死了，子湑才會放棄。」曄廷點點頭。

「原來是這樣，當時聽到你要殺我，眞是嚇死了！下次先說一下嘛。」儀萱不是眞的抱怨的笑著說。

「這個法力的名稱也太酷了吧！」宗元拍手叫好，「你太帥了！」

宗元跑去用力抱了一下紫珊。

「啊！」紫珊驚呼一聲，把宗元推開，她右手扶著肩膀，一臉痛苦的樣子，只見剛剛止住的血又滲了出來。

「你怎麼了？子湑傷到你了嗎？」儀萱關心的問。

「你問他吧！」紫珊白了曄廷一眼。

「這……我看她殺……殺你……太激動了，就……刺了她一劍。」曄廷尷尬得要命，後面幾個字講得特別小聲。「眞是對不起。」

「你……替我報仇？」儀萱覺得好笑，又有點感動。

「看你傷得不輕耶！我剛剛還給你二度傷害。」宗元看紫珊痛得臉都皺起來，又擔心又自責，「我來想想看什麼詩句可以療傷。」

「我不能起死回生，不過這點傷我倒是可以幫忙。」麻姑臉上綻開微笑，她清秀臉龐上的自信讓大家安心。

麻姑來到紫珊的身邊，看了看她肩膀的傷口，細長的手指點了點背後的一個葫蘆，葫蘆飛到她的面前，她再把提籃拿到眼前，仔細的挑了一顆果子、兩朵黃花、五片藥草葉子，還有四朵靈芝，她纖細的手掌一揚，這些事物一一飛進葫蘆裡，她用手搖搖葫蘆，嘴裡唸唸有詞，然後用鼻子聞聞裡面的味道，才滿意的點點頭，把葫蘆遞到紫珊的面前。

「把它喝下去，這會治傷療心，讓你更長壽喔！」麻姑說。

紫珊接過去，也學她聞了一下，覺得這氣味聞起來通體舒暢，說不出像花香、果香，還是葉香，總之聞著就讓她心定。她仰著頭，讓裡面的液體流入口中，只感覺入口香甜清爽，分量不多，大約啜飲兩口就沒了。

這液體入喉之後，繼續入脾入胃，紫珊覺得一陣溫涼漫過全身，細細撫過周身穴道，然後來到肩膀，只見劍氣造成的傷口立刻復原，那股難以忍受的痛楚也隨之消失。

「這太神奇了，一點也不痛了！」紫珊用手摸摸肩膀，手臂前後轉動，又開心又驚訝。

「眞的沒事了？太好了！」曄廷大大鬆一口氣，「眞對不起。」

「哎呀，你也不是故意的。呃，你是故意的，但是你當時不知情，不用道歉那麼多次。」紫珊說。

「這下我可以用力再抱一次了吧！」宗元張大雙臂作勢要去抱紫珊，大家都被他的動作逗笑了。

「你朋友的劍是正氣之劍，所以要醫治比較容易，如果是其他的黑暗力量，恐怕就不是這麼簡單可化解。」厤姑正色的說。

說到這，大家又想起子淯。

「剛才又讓他跑了。」紫珊語氣遺憾的說。

「這個子滑像烏賊一樣，沒什麼本事，發現沒搞頭就噴了墨汁，逃之夭夭。」宗元撇撇嘴，悶哼一聲。

「不知道他哪來的怪法力，居然比上次在『藝湛』遇到時還要強。」曄廷皺眉說。

「我聽到他說什麼巫術，看來他找到新的力量。」儀萱說。

「肯定不是什麼好東西。」宗元說。

紫珊是第一次跟子滑交手，無從比較，不過也覺得聽起來很不妙。

「子滑不能留。」畫仙簡短的說。

「他會去哪呢？要去哪裡找他？」曄廷看向四周。

「對啊，畫境這麼大。他有意要躲，怎麼找得到？」紫珊覺得這任務艱難。

「不用去找，他自會來找我們的，要不了多久，他就會發現儀萱沒有死。他想要從我這裡知道闇石的下落，也想要附身在儀萱身上，他不會放棄的。」畫仙語氣平鋪直敘，但是內容卻讓人心驚。

「那怎麼辦？」宗元問。

「我來保護畫仙。」曄廷很有義氣，認眞的說。

「你剛剛才要去殺畫仙耶！」紫珊忍不住揶揄他。

「什麼？」儀萱睜大眼睛看著他們，「怎麼我死沒多久就發生這麼多事？」

「哎呀……」曄廷滿臉通紅，「就……我刺紫珊，畫仙阻止我殺人，所以我就……」

「兄弟，」宗元拍拍他的肩膀，語氣充滿不是很眞心的同情，「我看啊，你得罪了紫珊，她對你這一劍之仇，會念念不忘，你等著她三不五時提醒你了。」

紫珊聽了忍不住大笑。

畫仙不理這幾個小孩的笑語，說道：「誰都不用保護我，他就算殺死我，也問不到闇石的下落。」

畫仙的話再度提醒紫珊，她是世上唯一知道闇石下落的人了。

「可是……」曄廷感覺很不安，就算問不到闇石的下落，以子洧殘忍執著的個性，一定會讓畫仙生不如死。

畫仙纖手舉起，阻止他說下去。

「儀萱，你不能讓他附身在你身上，不能讓他拿到徐靜的力量，」畫仙晶瑩的眼神看著她，「如果他再度接近你，你要毀了他，不可心軟。」

儀萱腦海忽然出現古裝武俠劇裡常聽到的四個字：「欺師滅祖」。她對子淯沒有好感，當他抓住她時，那個黑煙緊緊勒住她全身，每一吋皮膚像被火燒過一般，痛不可當，這樣的人是她的先人，讓她覺得憤怒羞愧。但是，想到要去消滅子淯，消滅自己的先祖，心底也同樣有不舒服的感覺，好像哪裡不對。

尤其，要她去做這件事的人，是畫仙。在她被紫珊「殺死」前，她清楚的聽見畫仙要殺她。雖然她事後知道紫珊的「殺」其實不是眞心要「殺」，而是讓她「不被殺」。但是畫仙的的確確想殺她。

儀萱低頭斂眉，並不說話。

曄廷不知道儀萱心裡這麼多轉折，對著畫仙說：「放心，我們也會保護儀萱的。」

畫仙看了他一眼，不再說下去。她抬眼看向紫珊，紫珊想到兩人私下講的那些話，對畫仙點點頭，再次保證自己會保護玉冊上的祕密。

「我們先回去。」畫仙手上拂子一揮，所有人一起回到《搗練圖》。

紫珊四人一起施法幫畫仙恢復畫境，他們離開上一幅畫前，麻姑也另外調製一些漿汁放在葫蘆裡讓畫仙帶回去，在大家的幫忙下，《搗練圖》總算恢復原來的樣貌。

「你們待在這裡也沒用，回去吧！」畫境恢復後，畫仙淡淡的對其他人說。

「好吧！」曄廷無奈的說。

「對了，有什麼方法可以讓我們知道子滑又來爲難你？這樣我們才能趕快進來幫忙。」紫珊問。

畫仙不語，似乎不把這件事放在心上。

「是啊，不然我們又倒楣了。」小蘭餘悸猶存。

「啊，你們願意來太好了。」水鳳說。

「那個人頭再來的話，你們一定要來幫忙啊！」紅珊說。

「是啊畫仙，我們需要幫忙啊！」忘音說。

大家七嘴八舌的請求，畫仙皺起眉頭。

「子滑或許無法從你那問出闇石下落，可是，他絕對不會手軟，一定會折磨她們來逼你。」曄廷說。

畫仙輕嘆一口氣，想了想，手持拂子輕輕碰了一下木箱裡洗煮好的溼布，沾上一些水氣，然後以拂子代筆，在曄廷的胸口比劃，好像在畫符。曄廷覺得一道清涼如水的力量從胸口滲進體內。

「我剛剛施了一個水氣的力量，這樣，我需要你進來時，你會感受到這個法力。」畫仙簡單的說。

「好，希望不會用到。」曄廷說。另外三人也覺得這樣比較安心。

四人跟大家道別後，曄廷帶著三人回到他的房間。

25

回到現實世界，紫珊首先看向儀萱的腳下，曄廷和宗元也跟著望去。

還是沒有影子。

「我們是不是要慶幸子淯沒有跟著她回來？」宗元問。

「子淯留在畫境也沒有比較好啊！」紫珊白他一眼。

「也是……」宗元抓抓頭。

儀萱左右轉身看著腳下，「難道我從此以後都沒影子了嗎？」她的語氣帶著沮喪焦慮，還有不安。

「子淯用了巫術，附在你的影子上，帶走你的影子，只要把子淯的問題解決，影子應該就恢復了。」曄廷安慰她說。

「可是，我現在是不是看起來怪怪的？走在路上會不會被人笑？去學校會不會被霸凌？」儀萱擔心的說。

「宗元，你不是會『對影成三人』嗎？弄個影子給儀萱好了。」紫珊半開玩笑半正經的說。

「一次弄出三個影子，會更引人注意吧？」宗元瞪她一眼，「而且施法也維持不了那麼久。」

「我才不要三個李白的影子跟著我呢！曄廷，你有沒有鏡子？我想看看沒有影子看起來是什麼樣子。」儀萱說。

「喔，有，衣櫥旁邊的牆上有鏡子。」曄廷指著角落。

「哈！你怎麼跟女生一樣房間有鏡子啊！」宗元帶著訕笑的口吻說。

「喂，什麼年代了！你眞以爲自己是古人啊？說這什麼嘲笑女生舉止的話！」儀萱瞪他一眼。

「是啊，誰說女生才照鏡子？」紫珊也表示意見，她想了想，「我以前唸過一首詩，張九齡寫的，詩名是〈照鏡見白髮〉：『宿昔青雲志，蹉跎白髮年，誰知明鏡裡，形影自相憐。』你看看，人家張九齡也是愛照鏡子的好嗎？」

「兄弟，」這次換曄廷拍拍宗元的肩膀，「我看啊，你得罪了兩個女生，她們會念念不忘，三不五時提醒你的。」

「啊！」宗元抱著頭，做出痛苦哀號的樣子。

儀萱不理會他的誇張表演，逕自走到鏡子前，看著鏡中的自己。

「會很明顯嗎？」儀萱口氣不確定的問。

「應該還好，我想平常人沒事不會去注意誰有影子誰沒有影子吧！」紫珊安慰她。

「你就發現了啊！」宗元戳戳紫珊說。

「那是因爲鄭涵要我特別注意徐靜的後代，我才會關注啊。」紫珊戳回去。

「說到鄭涵，她給你看玉冊的下落，所以你是世上唯一知道闇石下落的人了。」曄廷看著紫珊說。

「對耶，連畫仙都不知道，你握有最高機密耶！」宗元瞪大眼睛，語氣中帶有崇拜。

「你說那個玉冊現在在哪？」儀萱看著鏡子，隨手順了順瀏海，頭也不回的問。

「我之前去了嘉義一趟，確認它的確就是鄭涵提到的那份玉冊，玉冊回應了我玉墜上的法力。」紫珊說。她倒是省略從玉聲聽到的：「出海向東，行百里，折南行五百里，海中島現，岸礁藏石。潮退綠水流，海蝕洞展石。」這一部分。

「你不會想看看那個闇石被藏在哪嗎？我很想知道呢！」儀萱撥撥瀏海說。

紫珊搖搖頭，「還是不要好了。這東西被藏起來比較好。」

「看看又不等於去拿。臺灣不大，但是要藏一顆石頭，也是不容易找的，能找到一定很有意思。」儀萱說。

「我看八成藏在玉山上。」宗元搖頭晃腦的說。

「爲什麼是玉山？」紫珊問。

「要藏東西，當然是越深山越好，越不會有人去，就越難被找到。玉山最高，要是我是徐福，一定選那裡。」宗元語氣肯定，好像自己就是徐福。

「一個秦朝的古人，來到臺灣，怎麼會知道哪座山最高？」儀萱說出實際的問題。

「他……他有法力啊！」宗元不放棄自己的推論。

「法力不能解決所有的事好嗎？」儀萱聳聳肩的說。

「你在找什麼？」紫珊看曄廷在翻閱畫冊，好奇的問。

「在找鏡子人頭出現的畫是哪一幅。」曄廷說，「啊，找到了。」

三個人同時湊過來看。

「宋蘇漢臣《靚妝仕女圖》，現藏於美國波士頓博物館。好巧，跟《搗練圖》在同一間美術館。」曄廷說。

「那個麻姑畫呢？」宗元問。

「那是馬和之的《畫麻姑仙像》，在臺北故宮。」曄廷翻到另一頁說。

「找一天再去故宮看看。」儀萱說。

幾個人隨意翻著畫冊，曄廷忽然抬起頭，低呼一聲：「糟了！」

大家轉過去看他。

「子涓又出現了！」曄廷臉色凝重的說，「畫仙說她在趙昌的《四喜圖》裡。」

曄廷再多翻幾本畫冊，終於找到《四喜圖》的圖片。

「這張畫也在臺北故宮呢！」儀萱說。

「我們快去幫她。」紫珊皺著眉頭說。

「今天也太刺激了！連續去畫境三次。」宗元語氣帶點冒險的興奮。

「我們不是去玩的好嗎？」儀萱白了他一眼。

「走吧！」曄廷對著三人說。

＊＊＊

他們先進到《搗練圖》，這裡看起來沒問題，讓大家鬆口氣，接著曄廷帶三人來到《四喜圖》中。

大夥發現他們身在一個戶外庭院，眼前有塊大石，石頭左方有株粗壯的竹子，還有一株開滿梅花的梅樹。梅樹上枝枒橫長，兩隻喜鵲停在上頭，樹下的大石和地上也各有一隻喜鵲，另外還有四隻不知名的小雀鳥在其中跳躍。

此時，畫仙拿著拂子跟子洕附身的鏡中人頭打得難分難捨。只見黑煙四散，從各方攻擊畫仙，情況十分危急。

四人運起法力，正準備上前幫忙時，樹上的四隻喜鵲忽然同時高呼，嘎嘎鳴叫，然後朝他們飛來，用力往他們身上啄去。

沒想到這些鳥會攻擊人，牠們明顯是受到子洕巫術的驅使，只見每隻鳥都力大無窮，喙如刀尖，又飛翔於空中，看似普通的喜鵲，居然讓四個人一時手忙腳亂。

曄廷運起季札之劍，使出「巨鷹擊鵲」的招式，對著喜鵲刷刷兩劍刺去，這個劍式當時就是從畫裡老鷹凶狠攻擊天鵝的模樣學來的，他舉劍上刺，像老鷹一飛沖天，喜鵲受到驚嚇，飛向一旁，但是馬上又迅速轉身，朝著曄廷衝過來。曄廷沒有再用同一招，手腕輕撩，刷刷兩聲，劍氣迎向喜鵲。

紫珊從玉墜中喚出朱雀。牠豔橘色的羽毛閃著金光，高聲鳴叫著朝喜鵲飛去。朱雀帶著法力，動作迅速，體型也比喜鵲大很多，攻擊上占了不少優勢。朱雀口中噴出星火，嚇得喜鵲嘎嘎叫著。但是喜鵲也沒有那麼好對付，黑白身軀在豔橘星火中伶俐的穿梭，兩隻鳥在空中交錯飛翔，互相找對方的弱點攻擊，一下子朱雀用翅膀橫打喜鵲肩膀，一下子喜鵲用尖喙刺擊朱雀的頸項，一下子兩隻各用長尾掃盪，戰況激烈。

另一頭，宗元唸出唐朝杜甫的〈畫鷹〉：

「素練風霜起，蒼鷹畫作殊。

聳身思狡兔，側目似愁胡。

絛鏇光堪摘，軒楹勢可呼。

何當擊凡鳥，毛血灑平蕪。」

這是一首描述畫中老鷹如何矯健凶猛的詩。

只見畫境裡出現一隻大老鷹，跟曄廷的鷹式劍法不同的是，這次是貨眞價實的老鷹出現。果然這個天生的掠奪者一出現，喜鵲稍微卻步，往後一縮。但是子滑看老鷹出現，馬上對喜鵲催加力量，讓牠更無畏懼的向老鷹飛去。老鷹伸出利爪，狠狠抓過去，喜鵲的肩被抓住，嘎嘎大叫，使力轉身，肩上被抓出一道傷痕，黑白飛羽四散，但也因此躲去抓勢，轉過頭用力對著老鷹啄去。老鷹大翅一拍，喜鵲的頭被打到轉向，但是牠馬上又飛回來，不畏懼的纏向老鷹。

儀萱也被一隻喜鵲纏住，但是很明顯的，這隻喜鵲並沒有打算攻擊她，只是繞著她轉，不讓她靠近其他三人。儀萱努力施法跟喜鵲對抗，她的法力來自徐靜，徐靜的力量有一部分來自月升，但是之後跟子湑一同修法後，她的法力也帶著子湑的力量，這讓儀萱在對付子湑時變得綁手綁腳。

而之前子湑千方百計想殺儀萱，現在知道她是自己的後代，很明顯在護著她，不讓喜鵲傷害儀萱。這樣一來，儀萱跟喜鵲的戰況便更加膠著。

紫珊三人各自對付著喜鵲，子湑的力量似乎比上次交手又更強了，居然可以跟畫仙對打，還能同時指揮喜鵲。不過他們三人並不退縮，法力越使越順手，越用越強。

宗元的畫中大鷹驍勇善戰，皮厚力大，牠拍著翅膀，幾個回身，爪子抓向喜鵲，此時喜鵲開始疲倦，一個閃躲失敗，右翅被抓住，大鷹彎嘴朝牠頭頂一啄，一隻喜鵲昏死在爪中。

紫珊喚出的朱雀優雅繞轉，躲過喜鵲無賴般的攻擊。牠口吐星火，同時展翅飛舞，星火如大網，密密罩向喜鵲，第二隻喜鵲力氣漸弱，最後終於躲不過星火的攻擊，失去意識。

曄廷一招「群鶴盤旋」，擋住喜鵲的去路，然後在「巨鷹擊鵲」的招式中加入「飛馬奔逸」和「天鵲高飛」，第三隻喜鵲不敵這麼多招式，終於被曄廷刺中，昏了過去。

三隻鳥都被打昏後，三人互看對方一眼，心中暗喜大家都沒事，於是來到儀萱身旁，同心對付第四隻喜鵲，喜鵲不敵四人合攻，終於也被打昏，讓儀萱脫身。

方才子滑分出不少力量在四隻喜鵲身上，現在喜鵲都被打昏了，他的力量也被削去許多，畫仙對付子滑更有餘裕。此時四人跟著畫仙全力對子滑施法，曄廷使劍，儀萱用土氣的力量，宗元催動老鷹，紫珊駕馭朱雀，四人同心協力幫著畫仙。

只見黑煙的範圍越來越小，鏡子人頭吐出最後一口黑煙，畫仙用拂子一揮，消去了煙幕，鏡子掉落在地。畫仙拾起鏡子，四人也湊上去看，這就是一般的銅鏡，沒有人頭在裡面。

「子滑終於被消滅了！」宗元開心的歡呼。

「儀萱，你覺得怎樣？」暉廷轉過頭關心詢問。大家都知道他的意思，擔心儀萱被子滑附身。

「我沒事，我沒被附身。」儀萱搖搖頭說。畫仙走到她面前，用手指按向她的眉心，儀萱只覺得一股冷意從前額傳到全身，然後又被收回。

「沒有。」畫仙簡短的說。大家都鬆一口氣，只要儀萱不被附身，那就好辦了。

「那子滑去哪了？」紫珊問，她擔心事情沒那麼簡單。

「我跟宗元想的一樣，子滑應該就是灰飛煙滅了。」儀萱低聲說，口氣帶點傷感。

大家看看畫境，四隻喜鵲恢復原來的樣子，畫境一片祥和，沒有任何遭到破壞的痕跡。

「畫仙，你也覺得子滑眞的不存在了？」暉廷問。

「目前看不出來，我要去其他畫境看看，確定一下。」畫仙說。

「我們一起去。」曄廷說。其他人也同意，這次打敗子滑就是靠人多力量大。

他們先去《靚妝仕女圖》，畫仙把鏡子放回桌上，亦娟夫人攬鏡自照，紫珊他們看到一張清秀絕美的臉龐映在鏡子裡，完全不是之前被子滑附身時斜眼歪嘴的凶惡模樣。

「謝謝你們。」亦娟夫人轉過頭來跟大家致意。

這幅畫沒問題了，他們四人跟著畫仙進出其他的畫境，最後回到《搗練圖》。

「看來，子滑不在畫裡。」畫仙說，但是臉色並沒有半點欣喜。

「他的巫術那麼強，就算他不在畫裡，恐怕還是不能放心。」曄廷說。

「你覺得子滑去了別的地方？」紫珊看著曄廷問。

「我們四人的力量，加上畫仙，我覺得這次他是澈底的死了。」儀萱說。

「希望如此。」曄廷點點頭。

「如果大家不放心，我們也可以去詩境、詞境確認。」宗元說。

每個人都同意這個建議。

「那我們先回去了。」曄廷說完便帶著三人回到房間。

＊＊＊

「我的影子回來了！」儀萱驚呼。

「眞的耶！」曄廷說。

紫珊也看到了。她特別注意到儀萱的影子並沒有像之前那麼濃，就跟正常人一樣。

「看來，子滑眞的被我們打死了。這傢伙眞是難纏啊！」宗元說。

「我們三進三出畫境，總算完成一件事。」曄廷呼出一口氣，覺得安心許多。

「對啊，我的影子也恢復正常的樣子。」儀萱顯得非常開心。

「我們『四個後代』果然所向無敵啊！」宗元一副自信滿滿的樣子。

「你不是嫌『四個後代』這名稱不夠威風嗎？」儀萱斜睨了他一眼。

「我們有實力，不怕名字爛。」宗元挑挑眉毛。曄廷瞪他一眼。

「你們覺得，王冉奇的後人會不會出現？」紫珊看著三人問。

「我猜不會。」宗元說得很肯定。

「爲什麼？」紫珊問。

「我們的力量被引發，主要原因就是子滑在搞鬼，現在他不在，應該不會再有影響了。」宗元說。

「說不定，這個後代的力量也出現了，只是沒跟我們會合。」曄廷想了想說。

「那他吃虧了，沒跟我們一起冒險。」宗元嘻嘻一笑說。

「我們要去找這個人嗎？不管他的法力有沒有被引發？」紫珊看著三人問。

「去哪找？我們四個人相遇，也不是特別去找誰，會發生自然會發生。」曄廷看著她說。

紫珊想想覺得有道理，這一切都是一環接一環，環環相扣。

「這人很有可能就在我們學校。」紫珊說。

「該不會是陳老師吧？」宗元瞪大眼睛說，大家都笑起來。

「還校長咧。」儀萱白了他一眼。

「很難講啊，誰都有可能。」曄廷聳聳肩。

三人想了想，也同意曄廷說的話。

「好啦，我要回家了。」儀萱站起身來。

「我送你。」曄廷也站起來。

「不用，」儀萱微微一笑，「我跟紫珊一起走就好。」

紫珊平常上下課都是一個人行動，沒有結伴的習慣，被儀萱點名有點驚訝。

「確定嗎？」宗元看看兩人，有點擔心她們又打起來。

紫珊沒什麼理由拒絕，點點頭，算是答應。

「我們女生有女生的悄悄話，對不對？」儀萱對紫珊親密的眨眨眼。

儀萱都這麼說了，男生們也不好堅持，四人互道再見，儀萱跟紫珊一起走出曄廷家。

她們走出巷子，來到大街上，兩人並肩走在騎樓，一旁的商家燈火明亮，路上人車交錯，紫珊看著覺得有點恍惚，不久前才在古代的畫境裡，用法力跟鏡影和喜鵲交戰，現在回到眞實世界，需要一點時間調適。

「紫珊，」儀萱開口，把她從情緒中拉回來，「我特別跟你一起走，是因爲……我想跟你私下聊聊。」

紫珊頭微傾看著她。

「我想跟你道歉。」儀萱在騎樓下停下腳步，正面看著紫珊，她背後的櫥窗亮起昏黃的燈光。

「道歉？喔，爲什麼？」

「我之前對你態度不好，講話也……不禮貌，我鄭重跟你說對不起。」儀萱大大的眼睛誠懇的看著她。

「你也不是故意的，不過，謝謝你的道歉。」紫珊大方接受。

「那我問一下……」儀萱頓了頓，「你喜歡曄廷嗎？」

紫珊忍不住在心裡偷笑，不過看儀萱的表情，知道這種事情不能開玩笑，還是講清楚比較好，「我喜歡曄廷，但是跟你的喜歡完全不一樣，那種喜歡跟我喜歡宗元，喜歡我爸爸，喜歡我奶奶一樣。」

她看儀萱表情放鬆許多，笑笑補上一句：「不過不要告訴兩個男生，我拿他們跟我奶奶比喔，他們可能承受不了這個打擊。」

儀萱也忍不住笑了起來，她撥撥額前的瀏海，「子滑附在我的影子上，我不知不覺受到影響，現在不會了。」

「那就好。我一直擔心你。」紫珊說。她想到鄭涵的囑託，覺得終於可以安心了，她這個玉使沒讓人失望。

「我沒事啦！」儀萱開朗的說，「前面有一間麵包店，他們的蛋黃酥很好吃，可是曄廷不喜歡吃，沒人陪我吃好無聊，我買兩個，我們一起吃，算是道歉，也謝謝你從子滑的手上救了我。」

紫珊感受到儀萱的善意，心裡一陣溫暖。

「太好了！我超喜歡蛋黃酥的。」紫珊說完撇撇嘴，扮個嫌棄的鬼臉，「像曄廷這樣不吃蛋黃酥的人，我怎樣也不會喜歡上他的！」

「是不是？看我對他多容忍啊！」儀萱用一種寵溺的語氣抱怨著。

「對啊，通常不吃蛋黃酥的男生交不到女朋友的。」紫珊一本正經的說。

兩人對看一眼大笑。

儀萱開心挽著紫珊的手，紫珊也享受遲來的友誼，兩人說說笑笑，一起往前走去。

（敬請期待【仙靈傳奇】大結局）

揭開「禪地祇玉冊」的神秘面紗

「禪地祇玉冊」是什麼？為什麼被當作國寶？

文／蔡慶良博士（國立故宮博物院器物處研究人員）

位於臺北士林區的國立故宮博物院是世界著名的博物館，共收藏了玉器一萬三千餘件，雖然數量不少，但足以名列最高位階的國寶玉器也僅僅只有六件，連名聞遐邇的「翠玉白菜」和「肉形石」都擠不進這前六名，可見入選條件多麼嚴苛，而在這六件極為珍貴的國寶玉器之中，分別屬於兩位著名皇帝唐玄宗李隆基和宋真宗趙恆的「禪地祇玉冊」就勇奪了兩個名額，所以玉冊看起來平平無奇，但可絕不能小看它們，因為兩者都是來頭不小、深藏不露的歷史巨星啊！

為什麼說它們是歷史巨星呢？因為玉冊上明確記載了唐玄宗開元十三年（西元七二五年）以及宋真宗大中祥符元年（西元一〇〇八年）兩位皇帝舉行封禪大典時敬告地祇神的祝禱文，讓今日的我們有機會一讀天子（也就是皇帝）向地祇神恭誦的文字，並藉此補足、勘正史籍的闕如與錯植。但大家可能仍有疑問，各代皇帝留下的文章字句不勝枚舉，這兩篇祝禱文為何這麼重要呢？

「禪地祇玉冊」因封禪大典而重要

與其說祝禱文很重要，其實「禪地祇玉冊」使用的場合——封禪大典，才是重中之重，因為沒有此一特殊的典禮，自然就不需要「禪地祇玉冊」了。

封禪大典是天子祭祀天地的最高等級儀式，完整的儀式包括「封」和「禪」兩部分，其中「封」是指登泰山祭天，「禪」則是在泰山旁的小丘祭祀地祇神，天子透過向天地祝禱的過程，也向世人宣告天子承運而生的正統地位。由於「封禪」代表皇帝為真命天子，是道統承續的象徵，所以封禪大典會耗費巨大的人力和物力，若非有特殊原因，不輕易舉行。

現在我們知道，「禪地祇玉冊」是

唐玄宗「禪地祇玉冊」（國立故宮博物院藏品）

封禪大典之中「禪地」儀式完成後，埋藏在地底的祝禱文，具有重大的歷史價值，兩件玉冊能夠重現世間非常難得，位居國寶的確實至名歸。

既然封禪大典包括了「封」和「禪」兩個儀式，為什麼只看到「禪地祇玉冊」，卻沒有看到祭天的玉冊呢？

我們能夠看到「禪地祇玉冊」，是非常特殊的機緣巧合，緣起於馬鴻逵將軍於民國二十年（西元一九三一年）率領軍隊在山東泰安蒿里山整地時所發現，後由其夫人捐出轉至國立故宮博物院收藏。也就是說，如果沒有特別的緣分，要看到祭天時所使用的禮儀用器，應該是不可能的。

而且依古禮，祭天的祭品會置於火中，燔燎而升煙，祭品化為煙直上天界，就像今天拜拜要燃香及燒紙錢一樣，我們都認為只有如此才能和上天或是祖先溝通交流。以今天日常來想像古代，相信大家也會同意，要見到「封」泰山祭天時所用的禮器難上加難，何況祭天時是否使用了玉冊，我們也很難知道。

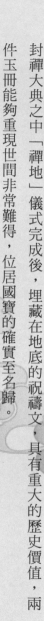

陝西省鳳翔市　雍山血池，秦漢祭祀遺址考古現場
（圖片拍攝：蔡慶良）

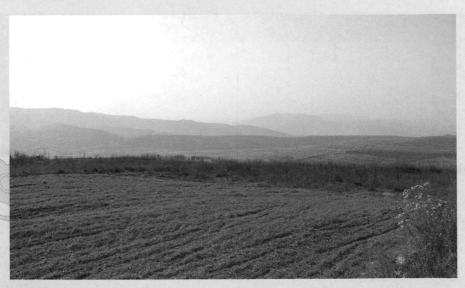

自祭祀遺址向前遠眺
（圖片拍攝：蔡慶良）

「禪地祇玉冊」為什麼是以長條形的玉石左右竝排而成呢？

封禪大典是祭祀天地的最高等級儀式，儀規和所用禮器都會參照古代禮制，就像今天的祭孔大典也仍然沿用古禮，參加祭孔大典時的服裝和舉止都很講究，需要符合古代的標準。

對於生活在七世紀到八世紀的唐玄宗李隆基（西元六八五－七六二），以及十世紀至十一世紀的的宋真宗趙恆（西元九六八－一〇二二），遠古的戰國至漢代（西元前四七五－西元二二〇）所制訂的禮儀制度正可作為封禪大典的參考，當時的書籍和今天完全不同，主要的形式是將先竹子剖削成長片形的「竹簡」，再將眾多竹簡左右排齊編綴，

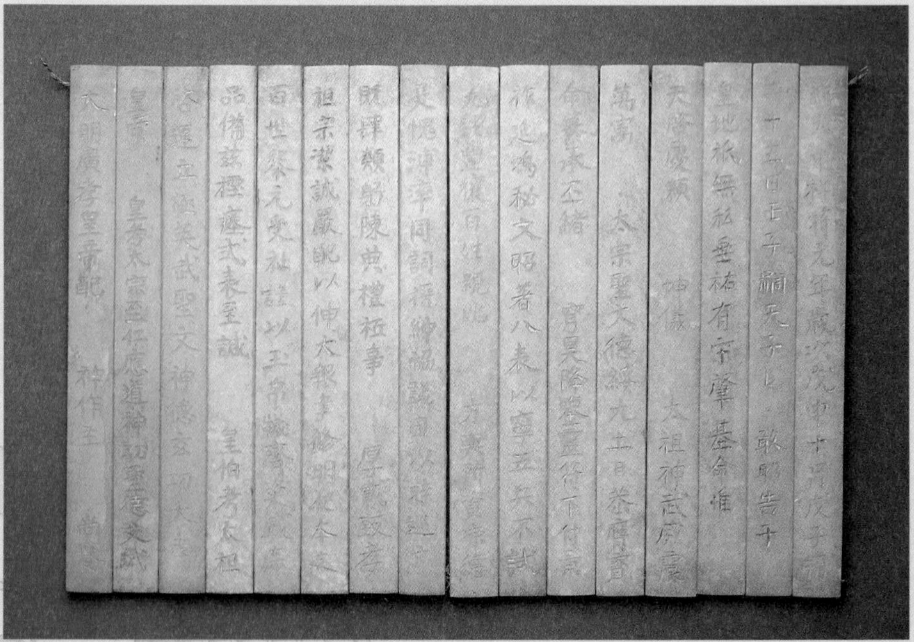

宋真宗「禪地祇玉冊」（國立故宮博物院藏品）

並在竹簡上書寫文字以成簡冊。大家有發現嗎？「冊」這個字正是將竹簡左右編綴後的圖形化文字呢！

有了這些背景知識，再觀察唐玄宗的「禪地祇玉冊」，就可看出是模仿漢代簡冊的形式，祝禱文的字體也使用漢代流行的隸書，正是師法古禮和古制的結果。至於宋真宗的「禪地祇玉冊」的祝禱文雖然不是使用漢隸，但字體古樸素雅，也是遵循古禮之故。

細讀兩件「禪地祇玉冊」的內容，會發現某些字句並未寫到那一行的行底就換到下一行的行頂繼續書寫，而且句子之間常常有空格，這是什麼原因呢？

如前面提到，這兩件玉冊是皇帝祭祀地祇神所使用的祝禱文，象徵皇權神授，由於茲事體大，所以字句之間必須遵循嚴格的禮儀規範。

古代文書之中提到尊長（例如父親）時，為了表達敬意，一般會在有關尊者的稱謂、身體、行為等詞前空格以示崇敬，這種體例稱為「挪抬」；而若是更高階級的尊長，例如天、地，則會直接換到下一行並且頂格，這稱為「平抬」，因為書寫或讀誦整篇文書時，都會最先注意到這些位於行頂或有空格的尊號，自然也會投以敬意。

細讀唐玄宗的「禪地祇玉冊」，可以發現第五行「皇地祇」、第九行「坤元」，以及倒數第二行唐玄宗的父親「睿宗」、最後一行「神」都在每一行的最頂端，這正是「平抬」以示尊崇的結果，而唐玄宗李隆基雖然貴為皇帝，但在天、地，以及皇父面前，也只是天子和皇子而已，所以唐玄宗只敢自稱「臣隆基」，並置於第三行的行底以示尊卑之別，名字「隆基」較小，也不敢使用正文的隸書體，而是選用唐代一般使用的楷書體。

這種尊卑之別在宋真宗的玉冊也可發現，在第二行中，宋真宗趙恆也自稱「臣恆」，名字「恆」甚至小到難以看清，可見皇帝面對神祖時的卑微。現在相信大家也明白第三行「皇地祇」，以及第四行「天」何以「平抬」置於此行頂格的原因了。至於文中有多處空兩格的地方，大家也都知道此為「挪抬」，此處內容必然講述到重要的尊者，現在再讀讀看，相信必定可以了然於胸。

二件玉冊的內文都提及已經過世的前任皇帝，為何稱謂如此長呢？

玉冊既然非普通文書，內容和格式都有特殊要求，所以提及已經駕崩的前任皇帝時，會使用專用的廟號和諡號以示尊崇。唐玄宗在玉冊倒數第二行提到皇父時，稱呼為「睿宗大聖真皇帝」，其中「睿宗」為廟號，「大聖真皇帝」為諡號。宋真宗趙恆在玉冊最後四行稱呼他的伯父，也就是宋代第一任皇帝為「太祖啟運立極英武聖文神德玄功大孝皇帝」，稱呼他的父親第二任皇帝為「太宗至仁應道神功聖德文武大明廣孝皇帝」，其中「太祖」和「太宗」是廟號，其餘為諡號。

皇帝過世後，子孫會將其牌位立於太廟祭祀，追尊為某祖某宗，「睿宗」、「太祖」、「太宗」就是牌位上的稱號，所以稱為廟號。此外，依過世皇帝生前功過和品德修養另起稱號，則為諡號，由這三位皇帝的諡號可知，子孫對這些先祖可是大加尊崇。

所以下次聽到別人稱呼「唐玄宗」、「宋太宗」時，應該知道這其實是兩位皇帝的廟號，他們在世時可是沒有此稱號的，當時也沒有人膽敢這樣稱呼他們。

少年天下系列 077

玉使（仙靈傳奇5）

作　者｜陳郁如

責任編輯｜李幼婷
特約編輯｜劉握瑜
封面插畫｜蔡兆倫
封面設計｜莊謹銘
行銷企劃｜葉怡伶、王予農

天下雜誌群創辦人｜殷允芃
董事長兼執行長｜何琦瑜
兒童產品事業群
副總經理｜林彥傑
總編輯｜林欣靜
主編｜李幼婷
版權專員｜何晨瑋、黃微真

出版者｜親子天下股份有限公司
地址｜台北市 104 建國北路一段 96 號 4 樓
電話｜（02）2509-2800 傳真｜（02）2509-2462
網址｜ www.parenting.com.tw
讀者服務專線｜（02）2662-0332 週一～週五：09:00~17:30
傳真｜（02）2662-6048 客服信箱｜ bill@cw.com.tw
法律顧問｜台英國際商務法律事務所・羅明通律師
製版印刷｜中原造像股份有限公司
總經銷｜大和圖書有限公司 電話：（02）8990-2588

出版日期｜ 2022 年 3 月第一版第一次印行
定　價｜ 380 元
書　號｜ BKKNF070P
ISBN ｜ 978-626-305-176-8（平裝）

訂購服務
親子天下 Shopping ｜ shopping.parenting.com.tw
海外・大量訂購｜ parenting@service.cw.com.tw
書香花園｜台北市建國北路二段 6 巷 11 號　電話（02）2506-1635
劃撥帳號｜ 50331356 親子天下股份有限公司

國家圖書館出版品預行編目資料

仙靈傳奇. 5， 玉使 / 陳郁如文. -- 第一版. --
臺北市：親子天下， 2022.03
320 面；14.8x21公分. -- (少年天下系列；77)
ISBN 978-626-305-176-8 (平裝)

863.59　　111001248

立即購買 >
親子天下 Shopping
親子天下 有聲故事書